우리는 매일
한 뼘씩 자라날 거야

오늘을 버텨낸
당신에게

우리는 매일
한 뼘씩 자라날 거야

현
이

지
음

수고했어, 오늘도

힘겹게 오늘을 버텨내면서, 오늘을 이겨내면서,
하루하루를 살아가고 있는, 세상 모든 '나'에게
진심으로, 진실된 마음으로 말해주고 싶습니다.

잘했다고, 잘한 거라고, 더 잘할 거라고.
내일은 분명히 조금 더 잘해져 있을 거라고.
뭐든 반드시 해낼 사람임을 믿어 의심치 않는다고.

나는 매일 한 칸씩 서서히 발전하는 중이기에.
나는 매일 한 줌씩 서서히 채워지는 중이기에.
나는 매일 한 뼘씩 서서히 자라나는 중이기에.
그래서, 오늘 잘 보낸 것이 결국 잘 산 것이라고.

이 책 속 어느 한 문장에서라도,
너무 아픈 누군가에겐 '위로'가
너무 지친 누군가에겐 '격려'가
너무 힘든 누군가에겐 '용기'가

당신의 소중하고 빛나는 삶 속에, 조금이나마 스며들기를 바라면서
정말 간절하게, 정말 열렬히 당신의 행복한 인생을 응원하겠습니다.

2022년 12월 현이

Contents

PART

2

격려

PART

3

용기

PART 1

위로

멋있는 사람

어떻게 그렇게 힘든 시간을 살아왔었니.
어떻게 그렇게 어려운 시간을 버텨왔니.
어떻게 혼자 다 참으면서 이겨내 왔었니.

그런 너에게 말해주고 싶다.

정말 대단하다고.
정말 훌륭하다고.
정말 존경한다고.
정말 고생했다고.

뭘 해도 잘할 사람이라고.
이미 다 극복해 왔으니까.

너 진짜 멋있는 사람이야.
지금도, 충분히.

처음부터 잘한 건 하나도 없었다

일어서지도 못해서 기어 다녔었는데.
숟가락도 젓가락도 쥐지 못했었는데.
못한다 해서 나무라지는 않았었는데.

언제부터 그렇게 변했던 걸까.
언제부터 그렇게 급해진 걸까.

처음부터 잘한 사람 아무도 없고,
처음부터 잘한 것은 무엇도 없다.
처음부터 잘할 수도 없는 것이며
처음부터 잘할 필요도 없는 거다.

처음부터 잘하지 못해도 괜찮으니
처음부터 잘하려는 생각은 버리자.

잘할 수 있을 때까지 시간이 필요하고,
잘될 수 있을 때까진 끈기가 필요하고,
잘살 수 있을 때까진 인내가 필요하다.

안 좋은 날

평생이 좋은 날이면 그건 좋은 날이 아니라,
매일 똑같이 반복되는 지루한 나날이 되겠지.

그럼 '좋다'라는 기분이 뭔지도 모를 거고,
'좋다'는 감정도 당연히 느끼지 못할 테고.

안 좋은 날이 존재함으로 인해서,
좋은 날에 의미가 생기는 게 아닐까.

안 좋은 날 뒤에 찾아오는 좋은 날.
그게 가장 행복하고 가장 기분 좋지 않을까.

그러니 안 좋은 날이라고 해서 너무 우울해하진 말자.
안 좋은 날이 있으면, 당연히 좋은 날도 있는 거니까.

불행도 어떤 건지 먼저 경험해 본 사람이
행복이 뭔지도 빨리 알게 된다고 하더라.

다시 고쳐 쓰는 인생

인생 좀 망쳤으면 뭐 어떻고,
인생 좀 망가졌으면 뭐 어때.

망친 건 재정비하면 되고,
망가진 건 수리하면 되고,
더러워진 건 청소하면 되는데.

하나도 안 망했는데, 너만 망했다고 하는 거야.
누구도 네 인생 망했다 하지 않았고,
누구도 네 인생 연민하지 않는데.
너만 연민하고 있는 거야,
너만 동정하고 있는 거고.

어렵게 생각하지 마. 망했다 생각하지 마. 안 망했어.
절대 하나도 안 망했어, 지금부터 하면 되고, 지금부터 고치면 돼.

사람은 고쳐 쓰는 거 아니라고 하지만,
인생은 네가 고치고 싶으면, 언제든 다시 마음껏 고쳐 쓰면 되는 거야.

네 인생이잖아, 네 거잖아.

아직 시간 충분해. 하나도 늦지 않았고, 하나도 잘못되지 않았어.

지금부터 써 내려가면 되는 거야.

너만의 인생 스토리.

매 순간이 처음 겪는 거고, 매 순간이 시작인 거야, 인생은.

그래서, 매 순간이 새로운 거고.

매 순간이 새롭기 때문에

네 인생도 다시 새로울 수 있는 거야.

언제든 다시 쓰고 싶다면, 언제든 마음만 먹는다면,

그때 다시 얼마든 고쳐 써도 되는 거야, 새롭게.

지금부터 다시 하면 되는 거고,

지금부터 고쳐 가면 되는 거니까 걱정하지 마.

넘어졌는데 일어나고 싶지 않다면

넘어졌는데 아직 일어나고 싶지 않다면,

일어나지 않아도 괜찮다, 일어나고 싶어질 때까지.

그것도 인생이다. 인생의 한 부분이고, 결국 일어나고 싶어질 때가 온다.

일어설 힘이 아직 생기지 않았는데,

억지로 일어서면 뭐 하나, 금세 또 쓰러질 텐데.

급하지 않아도 된다. 충분히 누워서 쉬자.

그거 좀 쉰다고 뭐가 늦지 않는다.

그거 좀 쉰다고 뭐가 잘못되지 않는다.

그동안 제대로 쉬어보지 못했다면

'아, 이게 제대로 쉬는 거구나.'

생각이 들 때까지 쉬자.

괜찮다. 누구나 지쳐 쓰러지고 싶은 날이 온다.

내가 남들보다 조금 더 빨리 지친 거고

지금 쉬었으면, 남들이 지쳐 쉴 때 나는 남들보다 조금 더 하면 된다.

쉴 땐 제대로 쉬고, 할 때 제대로 하면 되는 것이다.

아직 더 쉬어야 할 것 같다는 생각이 든다면,

이왕 쉬는 거 죄책감 없이 진짜 "제대로" 쉬자.

그렇지 않아도 충분히 고통스러운 삶이었을 텐데,
어쩌면 내가 나를 더 고통스럽게 했던 건 아닐까.

이젠 고통을 조금 덜어줬으면 좋겠다, 덜 힘들게.

다그치지만 말고, 따스하게 다독여줬으면 좋겠고
닦달하지만 말고, 따뜻하게 응원해줬으면 좋겠다.

기죽지 마라. 기죽을 것 없다.
어떤 사람이든 상관없이, 단 한 사람도 빠짐없이
우리 모두는 똑같이 부모에겐 소중한 자식이고
똑같이 친구에겐 소중한 동료이다.

주눅 들지 마라. 주눅 들 것 없다.
어떤 사람이든 상관없이, 단 한 사람도 빠짐없이
우리 모두는 똑같은 하늘 아래서
함께 살고 있는 똑같은 인간이다.

잘난 사람 부러워할 것도 없다.
그 사람이 높은 사람도 아니고
반대로 내가 낮은 사람도 아니다.
그냥 나랑 다른 한 사람일 뿐이다.

그 사람이 나를 낮게 내려다본다면
그 사람에게 문제가 있는 것이다.
교만하거나, 거만하거나, 무례하거나.

가만 내버려 둬도, 자기가 알아서 망할 테니
신경 쓸 필요도, 상처받을 필요도 없다.

그러니 어깨 펴고 세상을 당당하게 살자.
나는 그냥 내가 가고 싶은 곳만 가면 된다.
남이 어딜 가든, 뭘 하든 신경 쓰지 말고
고개 꼿꼿이 세운 채 내 길만 걸어가자.

절대 어떤 상황에서도 잊지 말기로 하자.
나한텐 내가 가장 소중한 사람이고
내 인생의 우선순위가 있다면
항상 내가 '0순위'이어야만 한다.

마음에 들지 않았던 내 모습

마음에 들지 않았던 이전의 내 모습은
이제 말끔히 잊어버리셨으면 좋겠습니다.

어떤 일에 집중하다 보면, 밥 먹는 것도 깜빡하고
식사 때를 놓치기도 하고, 해야 할 일을 까먹기도 하는 것처럼,
과거의 좋지 않았던 기억이나 마음에 들지 않았던 모습은
지금, 이 순간에 "초집중"해서 까먹어 버려도 괜찮습니다.

과거를 통해 반성했고 무언가를 깨달았다면 거기서 끝내야 합니다.
후회와 미련 때문에, 자책하게 되는 과거는
머릿속에서 생각지 못하도록 해야 합니다.
내 뇌가 자기 멋대로, 그걸 꺼내게 오냐오냐 해주면 안 됩니다.

지난 일을 여기로 가져오면, 지금 그때를 다시 사는 일이 되고,
지금의 내가 그때의 나와 똑같이 너무나 힘들어집니다.
버려야만 합니다, 과감하게.
원래 없었던 것처럼. 언제 그랬냐는 것처럼.

남이 나의 좋지 않은 과거를 내게 꺼내면,
화가 나고, 선 넘는 짓인 것처럼
내가 내 좋지 않은 과거를 스스로 꺼내는 것도
내가 나한테 선을 넘는 겁니다.
내 마음에 해선 안 될 짓입니다.

내 마음이 아프도록 그냥 내버려 두지 마세요.
내 마음이에요. 내가 챙겨야 할 내 것입니다.
하나밖에 없는 거예요. 그래서 더 소중한 거고요.
나는 내가 가장 사랑해야 하는 사람이에요.

"어느 누구와도 대체할 수 없는 사람이 돼라."
헛소리를 쓸데없이 참 멋있게도 한다.

이미 너는 누구도 대체할 수 없는 사람이야.
아무도 네 자리를 대신할 수 없는 사람이고.

네가 그냥 최고야.
네가 그냥 짱이고.

뭘 대체해.
너는 하나뿐인데.

누가 널 대신해. 어떻게 널 대신해.
세상에 하나밖에 없는 사람인데.

너만이 할 수 있는 일이 있고,
너만의 장점이 분명히 있는데.
웃기지도 않는 헛소리를 참 멋들어지게도 한다.

정말 너무 힘들 땐

정말 너무 힘들 땐, 힘들어서 진짜 죽겠을 때는,

다리에 힘을 더 줘야 하는 게 아니다.

다리에 힘을 주는 데엔 "한계"가 있다.

이미 줄 수 있는 힘을 다 줘 버렸는데.

이미 쓸 수 있는 힘을 다 써 버렸는데.

아무리 쥐어짜도 나오지 않는다.

헬스를 한다고 생각해보자.

지금 근력이 부족한데, 너무 힘들고 지쳤는데,

100kg은 내가 들 수 없는 무게인데,

그걸 억지로 들려고 하면 어찌 되겠나.

다친다. 크게 다친다. 오히려 몸이 망가진다.

회복하는 데 시간이 더 걸린다.

그럼 어떡해야 하나. 무게를 줄이면 된다.

내가 들고 있는 무게 말이다.

인생에서도 똑같다. 지금 책임지고 있는 것들이 너무 많다면,

덜 책임져도 되는 건 뒤로 미뤄둬도 괜찮고,

버려도 되겠다 싶은 건 과감히 던져 버릴 수 있어야 한다.

우선순위를 정해서, 꼭 지금 해야만 하는 게 아니라면,

그건 버려도 된다.

어깨를 무겁게 짓누르고 있는 것들을 버리자.

내가 힘들어 죽겠는데, 그거보다 중요한 사실은 없다.

나를 옭아매고 있는 게 뭐든, 힘들면 그걸 줄이거나 없애야 한다.

내가 힘을 내는 데엔 "한계"가 있기 때문이다.

힘은 낼 수 있는 데까지만 내면 되는 것이다.

내가 감당할 수 있는 만큼만 감당하고, 할 수 있는 만큼만 해도 괜찮다.

내 한계는 정해져 있는 게 아니라, 점점 높아지는 것이다. 올라간다.

지금은 "지금의 한계"에 달했으니,

조금 내려놓을 건 내려놓고, 가볍게 쉬었다가 다시 하면 된다.

잠시 조금 여유를 가졌다가, 다시 일어나서 그때, 그때 더 들어도 된다.

그때는 내 한계가 더 위로 올라가 있을 테니

지금 미뤄뒀던 많은 것들 그때 하면 되니 괜찮다.

그때 하자 그때. 마음 급하게 먹지 말고.

"여유"를 갖자, 여유를.

"무게"를 줄이자, 무게를.

정말 그러다 다리 부러지고, 내 몸과 마음 전부 망가진다.

둘러메고 있는 걸 과감히 버릴 수 있는 "용기"가

그 무엇보다 가장 필요한 시점이다.

아이 같은 마음

우리 마음은 아이예요, 아이.
마음 약하고 아주 여린 아이.

조금만 뭐라 해도
쉽게 삐지고, 쉽게 울어요.

조금만 짜증 내도
쉽게 상처받고, 풀 죽어 있어요.

조금만 화를 내도
쉽게 위축되고, 주눅이 들어요.

그 아이가, 그 여린 아이가, 그 착한 아이가,
앞으로 건강하게 살아갈 수 있도록 너무 나무라지 마세요.

그 아이가 건강해야 내 삶도 건강해져요.
그 아이가 행복해야 내 삶도 행복해져요.
그 아이가 많이 웃어야만, 내 삶도 웃기 시작합니다.

떨어졌으면 좋겠다. 별똥별처럼.

네 마음속의 그 아픔도, 힘듦도.

그만 힘들어도 될 만큼 힘들었을 테니

제발 이제 그만 좀 힘들었으면 좋겠다.

잘하고 싶은 소중한 마음에게

나도 잘하고 싶었다.
나도 너무 잘하고 싶었다.
나도 미치도록 잘하고 싶었다.

잘하지 못한 건, 잘되지 않은 건 내 잘못이 아니다.
내 탓이 전혀 아니다. 길이 험난하고 어려워 복잡했을 뿐이다.
나를 너무 미워하지 말자. 잘하고 싶었지만 잘 안된 건데.
충분히 그럴 수도 있는 건데. 아직 어려울 수도 있는 건데.

나만큼은 괜찮다고 말해주자. 그 마음 나만큼은 알아줘야지.
나마저도 몰라주면 아무도 몰라줄 텐데.
얼마나 외롭고, 속상하고, 억울할까.

"너무 잘하고 싶은 마음"
그 마음이 지치지 않게. 그 마음이 떠나지 않게.
내가 아껴주고 지켜주자.
내가 보듬어주지 않으면 늘 혼자 쓸쓸해야 하고.
늘 혼자 아파해야 하니까.

그 마음만 계속 건강히 지키면, 언제가 되었든 잘할 날이 온다.
그 마음이 슬프지 않게. 더 이상 울고만 있지 않게.
이젠 내가 위로 좀 해주자.

그 마음만이 나를 잘할 수 있도록 만들어준다.
나한테 정말 소중하고, 너무 귀중한 마음이다.
그러니까, 너무 못되게 굴지 않았으면 좋겠다.

자꾸 못되게만 굴면 그 마음은 날 떠나버린다.
자기한테 못되게 구는 사람을 좋아할 리 없다.
잘해주자, 내 속에 있을 때 더 잘해줘야 한다.

그동안 너무나 고생했을, 누구보다 잘하고 싶었을,
너무나도 잘하고 싶었을, 당신의 그 소중한 마음에게 전하고 싶다.

당신 곁에 머물러줘서 고맙다고.
당신이 이 순간까지 올 수 있도록 만들어줘서 고맙다고.
당신이 힘든 세상을 버텨올 수 있도록 해줘서 고맙다고.

참 고맙다고. 정말 고맙고, 사랑한다고.
앞으로도 당신 곁을 떠나지 말아 달라고.
당신이 잘될 수 있도록 계속 도와달라고.

내가 내 얼굴에 침 뱉기

무슨 일이 있어도 자책하지 말자.
어떤 상황에서도 자책하지 말자.
어떤 상태에서도 자책하지 말자.

자책은 내가 내 얼굴에 침 뱉는 것과 같다.
자책은 자신을 해치는 일이다.
모든 마음의 병은, 거의 자책에서 비롯된다.

일이 뜻대로 되지 않은 게, 전부 내 잘못만은 아니다.
세상 탓도, 나라 탓도, 사회 탓도 있을 수 있는 거다.
100% 내 잘못만이 아닌데 100% 내 탓 할 필요 없다.

자기 책망보다는 따뜻하게 위로 좀 전해 주기로 하자.
잘하고 싶었는데 잘되지 않아서, 실망스럽고 속상해서,
가장 위로가 필요한 건 다른 누구보다 나 자신이니까.

부디, 그렇게 예쁜 얼굴에 더 이상 침 뱉지 않았으면 좋겠다.

참 많이도 해 오셨네요

많이 힘들었겠다. 많이 속상했겠다. 많이 서운했겠다.
많이 슬퍼했겠다. 많이 무서웠겠다. 많이 외로웠겠다.
많이 두려웠겠다. 많이 걱정했겠다. 많이 괴로웠겠다.
많이 생각했겠다. 많이 고민했겠다. 많이 우울했겠다.
많이 지쳤었겠다. 많이 고독했겠다. 많이 고단했겠다.

이렇게 보니까, 혼자서 정말 너무 많은 것들을 해 오셨네요.
그동안, 이리 많은 걸 어떻게 혼자 다 해 올 수 있으셨나요.
어떻게, 혼자 용케도 꿋꿋이 잘 버텨올 수 있으셨던 건가요.

정말 대단합니다. 진짜 멋지고 존경스럽습니다.
그러니, 이제 지금껏 걸어온 길을 한 번 돌아보세요.
얼마나 멀리까지 왔는지, 얼마나 오래도록 걸었는지.

이제까지 걸어온 길도 많지만, 이제부터 걸어갈 길도 많기에.
지금까지도 충분히 잘해 왔고, 앞으로도 충분히 잘할 거기에.
잠시나마 숨 좀 고르면서, 쉬어갈 수 있으셨으면 좋겠습니다.

누군가에게 첫눈에 반하기까지는
단 '1분'밖에 걸리지 않는다고 한다.
누군가에게 호감을 느끼게 되기까지는
단 '1시간'밖에 걸리지 않는다고 한다.
누군가를 사랑하게 되기까지는
단 '하루'밖에 걸리지 않는다고 한다.

하지만, 누군가를 잊는 데에는 '한평생'이 걸린다고 한다.
기억 속 깊이 남은 상처가 한평생 잊히지 않듯이,
가슴 속 깊이 남은 사람도 한평생 잊히지 않는 것 같다.

잊지 못하는 게 아니라, 잊히지 않는 것이기에.
잊히지 않는 걸 억지로 잊으려 애쓰지 않아도 괜찮겠다.
그저 가슴 속 한구석 어디에다
잘 간직해 둔 채로 살아가는 것도 괜찮겠다.
가끔 생각이 나, 추억하고 싶을 때
언제든지 편히 꺼내 볼 수 있도록.

잊히지 않는 상처도, 잊히지 않는 사람도.

기억하고 싶지 않아도 지워지지 않는 것이기에.

잊어 보려 발버둥 쳐도 잊히지 않는 것이기에.

잊히지 않는 것을 잊으려 노력하는 일이 더욱 힘이 들기에,

잊어 보려 부단히 애쓰지 않아도 괜찮다고 말해주고 싶다.

아프겠지만, 쓰리겠지만,

서서히 무뎌지면서 결국엔 아물게 될 테니까.

인생에서 포기하면 안 되는 것도 있겠지만,
꼭 포기해야만 하는 것도 있다.
사람이든, 일이든, 공부든, 뭐든,
나를 너무 아프게 하고 힘들게 만드는 건
당장 포기해야만 한다.
그걸 포기해야만 내가 살아갈 수 있기 때문이다.

내가 직접 처리할 수 있는 거라면,
최대한 빨리 처리해야 아픔도 힘듦도 줄이거나 멈출 수 있다.
힘듦이나 아픔을 제공하는 그 원인을 제거해야 한다.
그 뿌리를 뽑아내지 않는 이상,
계속해서 아프고, 계속해서 힘들 수밖에 없다.

몸 안에 해로운 바이러스가 들어왔다면,
그 바이러스가 몸 안에서 사라지기 전까지 아픔은 멈추지 않는다.
암세포가 내 몸 안에 살아 있다면,
그걸 제거하지 않고는, 자연스레 사라지지 않는다.
시간이 갈수록 자라고 커지며, 더욱 아파질 뿐이다.

지금 죽을 만큼 나를 아프게 하고, 힘들게 하는 게 있다면

가장 필요한 건 나를 살리기 위해 '포기할 수 있는 용기'다.

포기는 배추 셀 때나 하는 거라고 이야기하지만, 절대 아니다.

인생은 배추나 세는 것이 아니기에, 포기할 수 있는 용기는

반드시 필요하며, 포기해야 하는 것은 꼭 포기해야만 한다.

지나치게 걱정은 하지 않았으면 좋겠다.
나쁜 짓 하지 않으면서 해 끼치지 않고
내 할 일들 하며 '반듯하게' 살아간다면,
나에게도, '번듯한 삶'이 찾아올 테니까.

세상에 남 일은 없다

어렸을 때는 뉴스를 보며 좋지 않은 일은 전부 남 일이라고만 생각했다.
누군가가 죽거나, 어떤 병에 걸리거나, 사고 피해자 등등의 여러 뉴스.
그동안 왜 그걸 남의 일이라고밖에 생각하지 못했을까.
왜 남의 일이 내 일이 될 수도 있다는 생각은
한 번도 해보지 못했던 걸까.
누군가한테 일어났으면, 당연히 나한테도
얼마든지 일어날 수 있는 일인 건데.
그들이나, 나나, 다 똑같은 사람일 뿐인데….

남의 일이라고만 생각했던 좋지 않은 일들이
불과 2년 사이에 나에게 일어났다.
외할아버지께서 돌아가셨다. 일 년 뒤 할머니께서 돌아가셨다.
한 달 후 할아버지께서 돌아가셨다. 엄마가 암에 걸리셨다.
원하는 일까지 잘 풀리지 않았다. 그렇게 나는 우울증이 생겼다.
증상이 점점 심해지더니 공황, 불안장애까지 찾아왔다.

이제는 확실히 안다. 세상에 남의 일은 없다는 것을.
누군가 겪은 일이라면, 나도 당연히 겪을 수 있는 일이라는 것을.

그리고, 그것보다 훨씬 중요한 게 있다. 이 사실을 바꿔 생각해보면,
오직 나한테만 일어나는 안 좋은 일은 절대로 없다는 것이다.
저마다 느끼는 아픔과 슬픔, 힘듦의 크기는 모두 다르겠지만,
아픔도, 슬픔도, 힘듦도, 없는 사람은 결코 없다는 것이다.

세상에 남의 일은 없는 거라고 생각을 바꿔 먹은 이후부터,
나만 아프고, 나만 힘들고,
나만 슬프다는 생각은 하지 않을 수 있게 되었다.

세상에 사연 없는 사람이 얼마나 될까.
정말 많은 사람이 각자의 말 못 할 사연
하나쯤은 지닌 채로 살아가고 있겠지.

힘들더라도 조금 더 힘을 냈으면 좋겠고,
지치더라도 조금 더 기운을 냈으면 좋겠고,
아프고, 슬프더라도 조금 더 희망을 품었으면 좋겠다.
결국엔 다 아물고, 원래의 일상으로 분명히 돌아가게 될 테니까.
다시 사랑하는 사람들과 행복하게 잘 살아갈 수 있을 테니까.

답답한 마음

일이 잘 풀리지 않거나, 뭐가 잘되지 않으면,
그러려니 하고 넘어가도 되는 건데.
이런 날이 있으면, 저런 날도 있는 거고.
이럴 수도 있으면, 저럴 수도 있는 건데.

그냥 인정하고 가볍게 넘기고 싶은데,
언제나 답답한 마음이 너무 크게 자리한다.
잘하고 싶은데, 잘하지 못하고 있는
나의 모습이 마음에 들지 않아서겠지.

피곤한 몸을 침대 위에 누이면,
곤히 잠에 좀 들고 싶은데, 갖가지 생각이 몰려온다.
'오늘 나는 얼마나 노력한 걸까.'
'얼마나 하루를 의미 있고 알차게 보냈던 걸까.'
'오늘 나는 얼마나 잘했던 걸까. 아니, 잘한 게 맞을까.'
채워지지 않는 헛헛함만 늘어난다.

하루를 정말 빼곡하게 열심히 살았다는
생각이 드는 날마저도 왠지 모르게 허하다.
'이만하면 잘한 거지.'
이 짧은 한 문장이 왜 이렇게 어려운지 모르겠다.
'이만하면 잘한 걸까?'
언제나 의문과 의심부터 앞선다.

욕심일까. 자책일까. 모르겠다.
나도 내 마음을 잘 모르겠다.
그래서, 산다는 게 참 어렵게 느껴지는 것 같다.
분명 내 마음인데도,
내 마음 같지 않은 이질감이 크게 든다.
알려고 들면 들수록 더욱 어렵기만 하다.

모든 이들이 그렇게 살아가겠지.
쉬이 털어놓지도 못하고, 지우지도 못하고,
마치 끈으로 단단히 동여맨 상자처럼,
무거운 마음의 짐 하나씩은 짊어진 채
살아가고 있겠지. 쉽게 덜어지지 않는
불안함, 답답함, 두려움 같은 것들도 같이 껴안고.

살아가는 모든 이들의 무거운 마음속 짐이

어떤 것이든, 얼마나 무겁든,

내일은 오늘보다 한층 더 가벼워지기를

진심으로 바라본다.

내일은 오늘보다 조금 더 홀가분한 마음으로,

꽤 괜찮은, 꽤 가벼운 하루를 보낼 수 있었으면 정말 좋겠다.

언제까지나 무겁지는 않을 테니까.

언젠가는 분명히 가벼워질 테니까.

지금에 와서 나의 인생을 쭉 되돌아보면
후련하지는 않았지만 후회되지도 않는다.

살아온 날보다는 살아갈 날들이
훨씬 더 많이 남았기 때문이다.

살아온 날보다 살아갈 날들이 훨씬 더 많이 남았다는 말은,
이제까지 살아오면서 놓쳤고 실패했었던 지나간 기회들보다,
이제부터 붙잡고 성공할 기회들이 더 많이 남았다는 말이다.

지나온 과거의 기회는 놓아줘야겠다.
앞으로 다가올 기회에 전념해야겠다.

지나간 건 지나간 대로 둬도 괜찮겠다.
지금부터 후련하게 살아가도 괜찮겠다.

과거는 단순히 그냥 지난 과거일 뿐이니,
과거에 어떤 의미도 부여하지 않아야겠다.

지울 순 없어도 밀어낼 순 있어

배고프면 더 많이 먹고
피곤하면 더 많이 자고
목마르면 더 많이 마시듯

기쁠 땐 더 많이 기뻐하고
좋을 땐 더 많이 좋아하고
웃길 땐 더 많이 웃었으면 해.

행복할 때 더 많이, 최대한 행복해한다면
힘듦과 슬픔 같은 감정들이 밀려날 거야.

아예 지울 순 없어도, 밀어낼 순 있으니까.
좋은 감정과 좋은 기분으로 더욱 채워지게.

그래서 나 자신을 더욱 사랑할 수 있게.
그래서 나 자신을 더욱 좋아할 수 있게.
그래서 나의 인생을 더욱 아낄 수 있게.
그렇게 더욱 행복한 내가 될 수 있도록.

꽃집

꽃집에 들렀는데, 정말 예쁜 꽃이 한 송이 있었다.
너무 향기로울 것 같은 마음에, 코를 가져다 댔다.
근데 아무 향도 없었다. 아무런 향도 나지 않았다.

향기는 없었지만, 그 꽃 자체로
꽃의 색깔 자체로, 정말 예뻤다.

향기가 나지 않아도 예쁜 꽃처럼
향기가 나지 않아도 예쁜 나이니,
굳이 어설픈 향을 내려고 애쓰다가
어여쁜 색을 잃지 않았으면 좋겠다.

향 같은 거 없어도, 이미 너무 예쁘니까.
본연의 나 자체로, 나의 색깔 그 자체로.

향 없는 꽃은 있어도, 색 없는 꽃은 없듯이
나의 색깔을 잃지 않고, 간직했으면 좋겠다.

오늘을 잘 보냈고

오늘을 잘 살았고

오늘을 잘 참았고

오늘을 잘 견뎠고

오늘도 참 애썼다.

그래서 참 잘했다.

입으로 버린 쓰레기

남이 내게 입으로 내뱉은 쓰레기를
굳이 내 마음속 주머니에 넣은 채,
집으로까지 들고 올 필요가 없었다.

집에서까지 그 쓰레기를 곱씹으면서 아파했었는데,
쓰레기는 간직할 게 아니라 그때그때 버려야 했다.

누군가 내게 쓰레기를 버렸다면,
반드시 집에 들어가기 전에,
내가 좋아하는 사람을 만나서,
그게 안 되면 전화라도 하면서,
더러운 쓰레기는 남김없이 버리고,
좋은 것만 주머니에 남겨 집으로 들어가자.

깨끗하게 다 털어버리고,
집에 들어가서 따뜻한 물로 깨끗이 샤워도 하고,
가져온 좋은 것들만 주머니에서 꺼내 보며,
좋은 생각만 하다가, 좋은 꿈과 함께,

곤히 잠들었으면 좋겠다.

푹 자고 일어나면, 내일은 분명히 다시 괜찮아질 테니까.

꼭 기억해야겠다.

더러운 쓰레기를 내가 간직해야 할 이유가 없다는 것을.

내가 무슨 쓰레기통도 아니고.

더러운 건 좋은 사람들을 만나 정화시키거나,

그게 어렵다면 내가 직접 꼭 버리자.

그러지 않으면 썩은 내가 나서,

내가 더 괴로워진다.

거짓말 같은 하루

거짓말 같은 하루를 보낸 적이 있었어.
거짓말처럼 많이 웃을 수 있었던 하루.
거짓말처럼 너무나도 행복했었던 하루.

앞으로 남아 있는 인생에
그런 거짓말 같은 하루가
거짓말같이 많아졌으면 좋겠고
거짓말처럼 늘어났으면 좋겠다.

딱히 그런 하루가 없었더라도 상관은 없어.
지금부터도 얼마든지 만날 수 있는 거니까.

또 누군가는 나라는 사람으로 인해
거짓말 같은 하루를 보냈었을 테고.

그거 또한 너무나 값진 일이거든.
내가 누군가에게 거짓말 같은 행복이 되어줬었던 거니까.

웃고만 살지 않아도 돼

오늘도 고되고, 갖은 일들에
열심히 참아내느라 고생했다.

하지만, 매일, 매번, 매 순간을
너무 참고만 살지 않아도 된다.

더불어 사는 세상에서 항상 그럴 수는 없겠지만,
때론 큰소리도 질러 보고, 때론 울분도 토해내 보고,
때로는 짜증을 실컷 내보는 것도 꼭 필요한 것 같다.

사실 억지로 웃고만 살기엔 너무나 벅찬 세상이니까.
너무 참고만 산다면 내 마음에 먼저 병이 들 테니까.

항상 참고 견디면서, 억지웃음을 짓고 있는 사람에게는 보인다.
그 웃음 속에 깊숙이 감춰 놓은, 무거운 슬픔과 힘듦이 보인다.

그동안 너무 오래도록 참아 왔다면,
오늘 밤만큼은 목놓아 슬피 울어도 괜찮다고 말해주고 싶다.

다른 날씨, 다른 인생

세상 어디에도 좋은 날씨는 없고, 나쁜 날씨도 없어.
그저 서로 '다른' 종류의 여러 날씨가 있을 뿐이지.

누군가에겐 비가 쏟아지는 날이 좋은 날씨일 수도 있고,
누군가에겐 햇빛이 쨍쨍한 날이 좋은 날씨일 수도 있지.

인생도 마찬가지야.
좋은 인생도, 나쁜 인생도, 그런 건 있을 수 없어.
다른 선택으로 인한 다른 인생만이 존재할 뿐이지.

굳이 좋은 인생을 정의하자면,
내가 만족하는 인생.
내가 좋아하는 인생.
그게 나한텐 좋은 인생이겠지.

내 인생인데,
나만 좋으면 그만이니까.

꼭 보고 싶은 사람은 한 번 보는 것도 어려운데,
꼴 보기 싫은 사람은 한 번 안 보기가 어렵더라.

너무 사랑했던 사람은 우연히라도 못 마주치던데,
너무 싫어했던 사람은 우연에라도 꼭 마주치더라.

참… 이럴 땐 인생이 진짜 거지 같고 짜증만 나지.
원하고 바라는 건 늘 이상한 방향으로 흘러가니까.

근데 어디 이게 내 잘못인가.
세상이 그렇게 만드는 것을.

내가 뭐 어찌할 도리가 없으니,
원래 세상이 그런 것이겠거니,
쿨하게 지나가도 괜찮을 것 같다.

때가 되면, 다 제자리로 돌아오겠지.

각박한 세상 속.

각자의 위치에서,

각자의 할 일을 꿋꿋이 해내며,

각자의 일상을 훌륭히 마친 것.

그거면 되었다.

그거 하나로도 너무 잘한 것이다.

사람이니까 척하지 않아도 괜찮아

하나도 괜찮지 않으면서, 억지로 괜찮은 척.
아무렇지 않지 않으면서, 아무렇지 않은 척.
강하지도 않으면서, 일부러 강한 사람인 척.

마치 습관처럼, '척'하며 살아가고 있지만,
사실 누구나 마음이 지치고 힘든 순간이면,
진심 어린 위로 한마디에 눈가가 붉어지고
정성 어린 격려 한마디에 눈물이 떨어지고
온기 어린 포옹 한 번에 눈물이 쏟아지더라.

익숙하지도 않았을 텐데,
어찌 그렇게 참아 올 수 있었던 거니.
너무나도 힘들었을 텐데,
어찌 그렇게 버텨 올 수 있었던 거니.

이제 내면을 애써 억누르지 않아도 괜찮다고 말해주고 싶다.
이제 감정을 억지로 숨기지 않아도 괜찮다고 말해주고 싶다.

사람인 척하면서 애써 살아가고 있는 것이 아니기에
이제 '척'하며 살지 않아도 괜찮다고 말해주고 싶다.

소중함

나는 존재 자체로 소중한 사람이라고,
빛나는 사람이라고, 말들은 해주는데….
내가 진짜 소중한 사람이 맞기는 한 건지,
나를 소중하게 생각하는 사람이 정말 있기는 한 건지,
내 소중함에 대해서 의심이 크게 들 때가 있었어.
남들이 하는 말은 그냥 다 듣기 좋으라고 하는 말 같았고.

근데, 뉴스 기사를 보다가 우연히
'핑크색 쥐가오리' 관련 글을 읽었어.
전세계에 단 한 마리밖에 없어서,
그 아이를 본 사람에겐 행운이 찾아온다고 그러더라.
동물인 쥐가오리도 세상에 한 마리뿐이라고
뉴스에도 나오고, 그리 귀한 대접을 받는데,
세상에 단 하나뿐인 나라는 사람은
얼마나 소중한 존재일까 다시금 깨달을 수 있었어.

세상에 단 하나뿐인 나라는 사람은,
지구 통틀어, 나와 똑같은 사람이

한 명도 있을 수 없는 "가장 특별한 존재"이더라.
누군가에겐 그 무엇보다 소중하고,
없으면 못살 것 같은 "가장 진귀한 존재"이더라.
하나뿐이라서, 애초에 비교할 대상 자체가
있을 수 없는 "가장 희귀한 존재"이더라.

우리 한 명 한 명 다 그런 사람이야,
존재 자체로 소중하고, 빛나는 사람아.
그러니 이제껏 소중함을 의심했었다면,
지금부턴 의심하지 않았으면 좋겠다.

살아가다 종종 한 번씩 의심이 든다면 기억해줘.
지금 이 책을 읽고 있는 너는,
나에게 너무나 소중하고 귀중한 사람이라는 것을.

잘살고 있어

"너 지금 잘살고 있고, 잘하고 있어."

누군가 진심을 담아 이렇게 이야기해준다면,
정말 힘이 날 텐데, 정말 고마울 텐데,
일상 속에선 한 번을 들어보기 힘든 말이다.

어쩌다 한 번씩 크게 지칠 때가 오면,
"너 지금도 잘하고 있어"라는 말이
그렇게 듣고 싶고, 그리울 때가 있다.
나 지금도 잘하고 있고, 지금까지 잘해 왔고,
지금도 잘살고 있는 거고, 지금도 괜찮은 사람이라고,
스스로 되뇌면서 토닥여주고, 위로해주지만,

내가 나한테 하는 게 아닌,
다른 사람의 입으로 듣고 싶은 날이 있다.
확인받고 싶어서일까. 위로받고 싶어서일까.
인정받고 싶어서일까. 모르겠다.
그냥 그 말이 참 따뜻하고 좋다.

이유야 어찌 됐든,

정말로 잘 살아가고 있는 거라고 말해주고 싶다.

있는 그대로도 정말 예쁜 삶이라고 들려주고 싶다.

아무리 때 묻고 얼룩지게 보이는 삶이라 해도,

마음속엔 늘 폭풍우가 몰아치는 삶이라 해도,

그런 건 전혀 상관이 없다, 하나도 문제 될 게 없기에.

잘 버티고 있다고. 그래서 고맙다고.

버티는 거 자체로 잘하고 있고, 잘살고 있는 거라고.

설령, 지금의 삶이 마음에 들지 않는다고 해도,

마음에 드는 삶도 당연히 찾아오는 거라고.

그때의 삶을 즐기려면, 지금의 삶도 필요할 것이라고.

분명 어떤 의미가 담겨 있을 거라고.

삶의 모습은 물론이고, 살아가고 있는 인생의 모든 순간순간이

어느 하나 빠지지 않고, 그대로도 전부 아름답다고.

온 힘을 다해 전하고 싶다.

잘하고 있는 게 확실하다고, 잘살고 있는 게 분명하다고,

지금도 정말 괜찮다고.

다를 수밖에 없는 거야

나와 관련 없는 다른 이의 삶은 쳐다보지 않고,
오직 자신의 삶에만 오롯이 집중했으면 좋겠어.

다른 이가 그동안 살아온 날들과
내가 그동안 살아온 날들은 완벽히 다르기에,
앞으로 살아갈 날들 또한 당연히 다를 수밖에 없는 거니까.

낳아준 부모가 달라서, 배워온 스승이 달라서,
자라온 환경이 달라서, 겪어온 경험이 달라서,
만나온 사람이 달라서, 걸어온 방향이 달라서,
살아갈 날들도 전부 다 다를 수밖에 없는 거야.

내가 살아가는 방식이 맞고, 좋아하는 방법이 맞아.
그렇게 '나답게' 나만의 방식으로 살아가도 괜찮아.
잘못된 게 아니라 다른 거니까 의심할 필요도 없고.

지나온 과거가 달라서, 다가올 미래도 다른 것이기에,
앞으로 나의 모든 날, 모든 순간에 틀린 건 없는 거야.

끈기가 부족하대서 이 악물고 버텼고,
동기가 부족하대서 동기부여를 잔뜩 했고,
노력이 부족하대서 악착같이 매달렸는데,
항상 무언가가 자꾸 부족하게만 느껴졌다.

나를 위해서든, 남을 위해서든,
뭐든 열심히 발악했지만
늘 채워지지 않는 무언가가 있어,
답답하면서 불안했다.

그러던 어느 날 친구가 무심코 던져준 작은 위로에
뜨거운 눈물이 와르르 쏟아진 적이 있었다.
그때 이런 생각이 들었다.

'다른 게 아니라 진짜 필요했던 건,
따뜻한 위로 한마디였구나.'

늘 뭐가 부족한 걸까, 뭐가 더 필요한 걸까,

고민을 거듭하며 채우려 했었는데,

딱 한 군데,

"위로받고 싶었던 마음의 공간"

하나만 텅 비어 있었던 것이었다.

그 공간을 이젠 스스로 채워줘야겠다.

언제까지 남에게만 받을 순 없는 거니까.

오늘 잠들기 전에도 꼭 들려줘야겠다.

오늘도 살아내느라 정말 고생했다고,

정말 잘했고, 정말 멋있었고, 정말 자랑스러웠다고.

내일은 더 좋은 일이 기다리고 있을 거라고.

잘 자라고, 굿나잇 하라고.

네 어깨 너무 무거워 보여.

너무 버거워서 툭 치면 넘어질 것만 같아.

네가 혼자 모든 걸 다 짊어지지 않아도 돼.

네 몸은 하나인데 혼자서 다 해낼 순 없잖아.

하나둘씩 내려놓는 연습을 해봤으면 좋겠어.

흔들리지 않고 피는 꽃

흔들리지 않고 피는 꽃이
어디에 있느냐고 이야기들 하지만,

흔들리지 않고 싶었을 사람이기에,
이렇게 말해주고 싶다.

흔들리는 와중에도,
여기까지 꿋꿋하게 잘 와줘서 정말 고맙다고.

이리저리 흔들리면서도,
완전히 쓰러지지 않고 잘 견뎌줘서 고맙다고.

지금까지 수없이 흔들렸겠지만,
여기까지 잘 온 것처럼,
앞으로도 수없이 흔들리겠지만,
잘 해낼 수 있을 거라고.

비틀대면서, 나만의 균형을 찾았으면 좋겠다고.

흔들대면서, 나만의 리듬을 찾았으면 좋겠다고.

흔들리는 대로, 나만의 중심을 잡았으면 좋겠다고.

"저는 왜 태어난 걸까요…?"
"저는 아무짝에도 쓸모없는 사람인 것 같아요….”

글을 쓰면서, 이런 이야기를 정말 많이 들었다.

절대 그렇지 않다. 사람이 모여 사는 세상에서,
사람이 가치가 없으면 도대체 뭐가 가치가 있는 걸까.
사람이 태어나고, 사람이 살아가는 거, 다 똑같다고 생각한다.
그냥 눈 뜨고 정신 차려보니까 태어나있길래 살아가고 있는 것.

생의 목적도, 어떤 이유도 가지고 태어나지 않았는데
정말 가치가 있고 없고, 그런 게 무슨 상관이 있을까.
아무래도 상관없고, 다 괜찮으니
그냥 하고 싶은 거 하며 살자.

우리가 누리고 있는 세상 모든 것이
결국 다 사람이 만들어낸 거고,
그 위에 사람이 있는 거고,

나도 사람인데, 내 가치가 없을 수 있나.
태어났으니 존재 가치 의심하지 말고,
내 인생을 살아갔으면 좋겠다.

가볍게 살아도 괜찮다

체중이 늘어나면 신체가 무거워지듯,
생각이 많아지면 머리가 무거워진다.

불필요한 생각, 해서 달라질 게 없는 고민.
이런 건 내려놓자 가벼워지게.
쓸데없는 걱정, 안 해도 될 쓸모없는 상상.
이런 건 줄여보자 가벼워지게.
지나치게 너무 많은 것들을 짊어지고 살면,
그만큼 내가 너무 힘들어진다.

짊어진 짐들이 많다는 생각이 든다면 내려놓자.
나부터 가벼워져야, 내 삶도 가벼워질 수 있다.
내가 무거우면, 세상 모든 것이 전부 무겁게 느껴진다.

모든 일에 다 열심일 필요도 없고,
모든 일에 다 최선일 필요도 없고,
모든 일에 다 심각하게 임할 필요도 없다.

내가 열심이고 싶은 데에만 열심이어도 괜찮고,
내가 열심이고 싶을 때에만 열심이어도 괜찮다.

때론 대충 살아도 되고, 대충 지나가도 되고, 대충해도 된다.
만나는 모든 일에 다 열심이면, 나 자신이 지나치게 피곤해진다.
열심히 해야 하는 게 있으면, 대충해야 하는 것도 있는 거고,
열심히 해야 할 때가 있으면, 대충해야 할 때도 있는 법이다.

사소한 일엔 가볍게 넘어가기도 하고,
사소한 감정은 가볍게 무시하기도 하면서,
중요하지 않은 일이나 사람은 가볍게 스쳐 가도 괜찮은 것이다.

선택도 가볍게 하고, 후회도 가볍게 하고, 고민도 가볍게 하고,
긴장도 가볍게 하고, 반응도 가볍게 하고, 가볍게 살아가도 괜찮다.

가벼운 마음으로, 가벼운 발걸음으로,
가벼운 나로, 가볍게 살아갈 수 있었으면 좋겠다.
그렇게 살아간다고 큰 문제가 생기는 것도 아니니까.

PART 2

격려

예술가는 각자만의 예술 스타일이 있다.

똑같은 장면을 보고 그림을 그려도 각자 다르게 그릴 것이고,

똑같은 음악을 듣고 편곡을 해도 각자 다르게 표현할 것이다.

예술가가 그렇듯, 사람은 저마다 각자의 색깔이 있다.

본인만의 그 색깔을 잃지 않고 세상을 살아가야 한다.

색깔이란 것은

취향, 취미, 성격, 개성, 독특함, 좋아하는 것, 싫어하는 것 등등.

본인만의 모든 것이 될 수 있다.

그런 것들이 녹아들어 내가

나만의 방식으로 세상을 살아가고 있는 거니까.

본인만의 삶의 방식.

즉, 나만의 '라이프 스타일'을 고수하며 살아가는 것.

그게 결국 내 색깔을 지키는 일이면서, 잃지 않는 일이 된다.

우리는 지구라는 똑같은 공간 안에서, 똑같은 사람의 생애를,

각자만의 방식으로 다양하면서 다르게 살아가고 있는 것이기에.

색이라는 것은 본래의 색 외에 다른 색이 섞이거나,

누군가 손을 대기라도 하면 오히려 지저분해지고 정체성이 흐려진다.

그래서, 나의 색 외에 다른 색은 더하지 않는 것이 가장 좋은 일이다.

본인의 색을 잃는다는 것은,

본인의 정체성이 흐려지는 것과 같은 말이다.

세상 모든 것들은 있는 그대로가 가장 아름답다.

자연 또한 그렇다.

사람의 손때 묻지 않은 자연이 가장 아름답게 보인다.

사람도 마찬가지다.

남들의 손때 묻지 않은 사람이 가장 아름답게 보인다.

그래서, 나는 내 모습 그대로 살아가도 괜찮다.

지금 있는 모습 그대로 있어도 나는 이미 아름다운 사람이다.

그러니, 나만의 라이프 스타일을 고수하면서,

나만의 색깔을 지켜내면서, 나만의 방식으로, 나만의 모습으로,

이 세상을 예쁘고 멋지게 살아갈 수 있었으면 좋겠다.

사람과 사물

못된 사람은 있어도 못난 사람은 없다.
부지런한 사람은 있어도 부질없는 사람은 없다.

못난 사람도 없고, 부질없는 사람도 없고,
쓸모없는 사람도 없고, 쓸데없는 사람도 없기에,
세상을 당당하게 살아갔으면 좋겠다.

내가 못난 것처럼 느껴져도 못나지 않았다.
내가 쓸모없게 느껴져도 쓸모없지 않다.
내가 책임감이 없는 것처럼 느껴져도 책임감이 없는 게 아니다.

아직 나와 잘 맞는 책임을 찾지 못했을 뿐이고,
느껴진다는 건 그냥 나 혼자 그렇게 느끼는 거지, 사실이 아니다.

'사물'은 저마다 '쓰임'이 다르고,
'사람'은 저마다 '책임'이 다르다.
세상 모든 사물은 각자의 '쓰임'이 있고,
세상 모든 사람은 각자의 '책임'이 있다.

그래서, 어떤 사물도, 사람도 절대 쓸모없을 수가 없다.

다만, 사물은 '쓰임'이 정해져 있지만,
사람은 '책임'이 정해져 있지 않다.
그래서 참 좋은 일이다.
정해져 있지 않다는 건 스스로 찾을 수 있고,
원하는 것을 선택할 수 있다는 거니까.

나도 나에게 맞는 나만의 '책임'이 분명히 있다.
인생은 그 책임을 계속해서 바꿔가며 찾는 과정이라고 생각한다.
그러니 당당히 살아가도 괜찮다.
내가 나의 알맞은 책임을 찾아가는 과정이니까,
당당하게 찾아 나서도 괜찮은 것이다.

비록 가끔이긴 하지만
아주 가끔이긴 하지만

무슨 일도 없었고, 딱히 뭘 하지도 않았는데,
이상하게 아침부터 기분이 상쾌한 날이 있다.

오늘은 뭐든 잘 풀릴 것만 같고,
오늘은 뭐든 다 잘될 것만 같고,
오늘은 뭐든 다 잘할 것만 같은.

앞으로도 계속해서 이어질 소중한 삶 속에,
그런 날이 차고 넘치게 많아졌으면 좋겠다.

이상하게 기분이 좋고, 이상하게 상쾌한 날들이
정말 이상하리만큼 유난히도 많아졌으면 좋겠다.

태어난 이유

'나는 도대체 왜, 뭐 하러 태어난 걸까…?'

이런 생각은 하지 않았으면 좋겠어.

왜 태어나기는.
태어나고 싶어서 태어난 사람은 어딨고
태어나기 싫어서 안 태어난 사람은 어딨고
태어날 이유가 있어서 태어난 사람은 어딨고
태어날 이유가 없어서 안 태어난 사람은 어딨어.

태어났으니까,
내가 원하는 모습으로 살아가면 되는 거고
태어났으니까,
내가 원하는 인생을 만들어가면 되는 거야.

태어난 이유는 찾을 필요 없어.
내가 선택할 수 없었던 거니까.
살아갈 이유는 찾을 필요 있어.

스스로 선택할 수 있는 거니까.

태어난 이유를 찾으려 하지 말고,
살아갈 이유를 찾았으면 좋겠고.
살기 싫은 이유를 찾지 말고,
살아야 할 이유를 찾았으면 좋겠어.

인생을 잘 살아가기 위해선
살아가야 할 이유가 꼭 필요하더라.
그게 어떤 이유든, 그 이유가
삶의 원동력이 되어주니까 찾아냈으면 좋겠다.

가장 편안한 날

한 달에 한 번은 가장 편안한 날을 보냅니다.
날씨 좋은 어느 하루를 정해서,
그날만큼은 하루를 편안한 시간으로 꽉꽉 채워봅니다.

가장 편안한 시간에 기상해서,
가장 편안한 식사를 합니다.
가장 편안한 온도로 느긋하게 샤워하고,
가장 편안한 옷을 입습니다.
가장 편안한 친구와 가장 편안한 카페에서
가장 편안한 시간을 보냅니다.

친구와 헤어지고,
가장 편안한 음악을 들으면서,
가장 편안한 길로 산책합니다.
가장 편안한 호흡을 하며,
가장 편안한 보폭으로 여유롭게 걷습니다.
집으로 돌아와 사랑하는 가족과
가장 편안한 이야기를 나누며 저녁 식사를 합니다.

가장 편안한 잠옷으로 갈아입고,

내가 좋아하는 것 중에 마음을

가장 편안하게 해주는 활동을 합니다.

그리고 가장 편안한 시간에,

가장 편안한 베개를 베고, 가장 편안한 이불을 덮고,

가장 편안한 생각을 하다가, 가장 편안한 잠을 청합니다.

가장 편안한 하루를 만들어보세요.

치열한 경쟁 속에서 늘 긴장하고, 늘 불안하고,

늘 답답했을 나의 마음에

가장 편안한 시간을 선물해보세요.

적어도 그날만큼은

불편함으로 탁해졌을 마음에 환기를 시켜주세요.

적어도 그날만큼은

가장 편안한 마음으로,

하루를 여유롭고 느긋하게 보내는,

가장 편안한 얼굴을 한,

가장 편안한 사람이 될 수 있기를 바랍니다.

자신 있게 세상을 살아가세요.

용기 있게 행복을 찾아가세요.

세상에 태어난 순간과 동시에

행복할 권리와 자격이 주어진

행복해야만 하는 사람이니까

행복하게 살아가세요.

타인의 작은 잘못에는 관대하게 "괜찮다"라고 해줬으면서
왜, 나의 작은 잘못엔 그렇게 엄격한 잣대로 대했었던 걸까.

타인에겐 그리도 인정받고 싶어 하고, 존중받고 싶어 했으면서
왜, 나 자신에겐 인정을 주지도, 존중을 주지도 못했었던 걸까.

타인의 비난에는 기분 나빠하고, 상처받고, 얼굴 찌푸렸으면서
왜, 나 자신에겐 하루에도 수십 번씩 비난을 퍼부었던 걸까.

남을 칭찬해주고, 남에게 감사해하는 방법은 잘 알고 있으면서
왜, 나 자신에게는 단 한 순간도 그렇게 해주지 못했던 걸까.

누군가는 정말 끔찍하게, 죽고 못 살 정도로 사랑해줬으면서
왜, 나 자신에게는 단 한 순간도 사랑을 주지 못했던 걸까.

이젠 그렇게 살지 않아야지. 이제 다시는 그러지 말아야지.
이젠 나부터 챙겨줘야지. 이젠 나를 더 소중히 여겨줘야지.
그동안 너무 못되게만 굴었으니, 지금부터라도 잘해줘야지.

나의 가능성

나는 '아직' 해보지 않은 사람일 순 있어도,
앞으로 하면 뭐든 다 할 수 있는 사람이다.

나는 '아직' 성공하지 못한 사람일 순 있어도,
앞으로 얼마든지 성공할 수 있는 사람이다.

나는 '아직' 잘되지 않은 사람일 순 있어도,
앞으로 얼마든지 잘될 수 있는 사람이다.

나는 '아직' 잘하는 걸 모르는 사람일 순 있어도,
앞으로 잘하는 걸 찾고, 만들 수 있는 사람이다.

나는 '아직' 원하는 인생을 살고 있지 못한 사람일 순 있어도,
앞으로 원하는 인생을 만들어내, 그렇게 살 수 있는 사람이다.

나는 천재적 재능을 가진 사람이 아닐 순 있어도,
노력으로 그 재능을 뛰어넘을 수 있는 사람이다.

누구에게나 가능성은 얼마든지 존재했었고,
누구에게나 기회의 문은 항상 열려 있었다.

언제나 그 문을 닫아 버린 것도 나 자신이었고,
가능한 걸 못 한다고 여긴 것도 나 자신이었다.
이젠 나의 가능성을 의심하지 않고 믿어야겠다.

속도

저 사람의 속도는 저 정도구나.
이 사람의 속도는 이 정도구나.
그 사람의 속도는 그 정도구나.

그럼 나도 나의 속도가 있겠구나.
모두가 같은 속도일 순 없겠구나.
내 속도에 맞춰 오래 걸어야겠다.

너무 빠르지 않게, 너무 지치지 않게,
천천히 느리게 걷는 연습도 괜찮겠다.

내가 너무 느린 것 같다는 생각이 든다면,
'느린' 사람이지, '늦은' 사람은 아니니까
나에게 맞는, 편안한 속도로 가도 괜찮겠다.

남의 속도는 무시할 수 있었으면 좋겠다.
나의 속도로 무리하지 않게 가면 좋겠다.

갑자기 뜬금없이 우울감이 밀려올 때가 있다.
별 이유 없이, 어두운 감정으로 가득해질 때.

이럴 때는 너무 깊숙하게 그 감정에 몰입하지 않고,
별생각 없이 '그냥 그렇구나' 하고 넘어가도 괜찮다.
좋아하는 게임이나, 운동 등 다른 활동을 해도 좋고.

'나 갑자기 왜 우울한 거지…?'
'나 왜 이래, 뭐가 문제지…?'

굳이 이유를 찾으려 애쓰지 않아도 된다.
이유를 찾으려 하면 더욱 우울해지면서,
갖가지 생각에 내 마음만 훨씬 복잡해진다.

찾아온 감정을 굳이 밀어내려 하지도 말고,
그냥 있는 그대로, 편안하게 받아들여 보자.
'아, 오늘은 내가 좀 우울한 날인가 보구나.'

괜찮다. 굉장히 자연스러운 현상일 뿐이다.
내가 가만히 있어도 낮과 밤이 교대하듯이
내 마음속에도 낮과 밤이 왔다 갔다 한다.

계절이 오고 가는 것을
내 마음대로 할 수 없는 것처럼

감정이 오고 가는 것 또한
내 마음대로 할 수 없기에

여유롭게 받아들일 수 있는 자세가 필요하다.

나답게 산다는 것은

내가 좋아하는 일들에
자유롭게 도전하면서 살아가는 것.

내가 좋아하는 사람을
자유롭게 사랑하면서 살아가는 것.

내가 좋아하는 것들을
자유롭게 선택하면서 살아가는 것.

남의 시선에서 벗어나
있는 그대로의 나로 자유롭게 살아가는 것.
나의 인생을 내가 좋아하는 것들로
자유롭게 하나씩 채워가는 것.
스스로 만족할 수 있도록
나만의 인생을 자유롭게 만들어가는 것.

내가 좋아야 하고, 내가 행복해야 한다.

내가 좋고, 내가 행복한 인생이 가장 '나다운 인생'이다.

마주하는 모든 순간에 '나다움'을 잃지 않고 살아갔으면 좋겠다.

당당함을 갖춘 사람에게

단단한 마음이 자라난다.

사람의 단단한 마음은

'당당함'에서부터 시작되니,

'당당하게' 살아갔으면 좋겠다.

쇠못과 잘못

'쇠못'은 벽에 대고 치면 칠수록 길이가 줄어들고,
'잘못'은 뭘 하든지 하면 할수록 빈도가 줄어든다.

벽에 쇠못을 박으면 박을수록 점점 길이가 줄어들 듯이,
잘못도 할수록 서서히 줄어들 테니 너무 걱정하지 말자.

잘못은 많이 해도 괜찮고, 무언가를 잘 못 해도 괜찮다.
잘못도 많이 경험해봐야, 깨닫고, 배우고, 고칠 수 있다.
무언갈 잘 못 해봐야만 잘하고 싶다는 마음이 자라난다.

뭘 잘 못 한다고 해서, 뭘 잘못했다고 해서
내가, 나 자신까지 못살게 괴롭히지는 말자.

잘못은 잘 못 하는 일을 더 잘하도록 만들어주기에,
어차피 결국엔 잘하게 될 일밖에 남지 않은 것이다.

실수와 잘못이 없으면 뭐가 부족한지 알 수가 없다.
둘 다 더 성장하기 위한, 질 좋은 영양소일 뿐이다.

생애 마지막 말씀

"이보게, 처남. 지나온 시간을 쭉 되돌아보니,
나 나름대로 정말 열심히 살았더라.
단 하루를 제대로 쉬어 볼 틈도 없이 일해서,
애들 셋 잘 키워 놓았고, 저렇게 결혼도 다 시켜 놓고,
인형같이 어여쁜 손주들도 봤으니 말이야.
그런데, 딱 한 가지 정말 가슴 찢어질 듯 후회되는 게 있어.

저 사람, 자네 누나 말이야.
저 사람이랑 둘이서 어디 여행 한 번을 가본 적이 없더라.
먹고 사느라 바빠서, 저 사람한테 더 좋은 추억,
더 많은 추억을 남겨주지 못하고
이렇게 떠나야 한다는 게
너무 애통하고, 괴롭고, 아프고, 스스로가 정말 미운 거 있지.
여행 한 번 가볼 시간이 정말 없었던 걸까…?

자네는 말이야.
열심히 돈 벌어 사는 것도 물론 좋고 중요하지만,
언젠가 원치 않는 이별 앞에서 크게 후회하지 않도록,

지금 함께할 수 있는 순간에 같이 여행도 많이 다니고,
앞으로 남은 시간을 더 많이 사랑했으면 좋겠어.

딱 하루만, 딱 하루만 더 건강하게 살 수 있다면,
지금 당장 제주도라도 함께 가고 싶은데…
아픈 몸 때문에, 그러지도 못한다는 게 가슴이 미어진다.

미친 듯이 사랑하는 여자. 내 한평생을 함께해 준 여자.
그 여자한테 더 많은 시간을, 더 많은 애정을, 더 많은 관심을,
더 많은 마음을, 아낌없이 써줬으면 정말 좋겠어.

그것만 해줬어도 조금은 더 마음 편하게 갈 수 있었을 텐데.
자네 누나, 잘 부탁한다네 처남. 고마워."

돌아가신 고모부께서 내 아버지께 남기셨던
생애 마지막 말씀이다.
사랑하는 사람들과 함께할 수 있는
이 시간이 얼마나 소중하고 값진 일인지.
정말 오래도록 기억에 남을 말이다.

달의 표정

우리는 똑같은 달을 바라봤는데,
나는 저 달이 슬퍼 보인다 했고,
너는 저 달이 기뻐 보인다 했다.

왜 달랐던 걸까, 달은 표정이 없는데.
달을 바라보는 우리의 마음이 달랐다.
내 마음은 슬펐고, 네 마음은 기뻤다.

이젠 알았다.
내가 바라보는 세상 모든 것이
내 마음 따라 달라진다는 것을.

내가 웃고 있으면, 내 마음도 따라 웃을 테고
세상 모든 것들도, 그 마음 따라서 웃을 테니
최대한 자주, 최대한 많이, 그냥 웃기로 했다.

부디 오늘 밤, 내가 바라보는 달이
환한 얼굴로 웃고 있었으면 좋겠다.

결국 성장한다

처음엔 누구나 어설프고, 서툴 수밖에 없어요.
어떤 일이든, 어떤 관계든, 어떤 문제든, 뭐든.

언제나 항상, 모든 사람은
많은 순간에 선택을 하고,
많은 순간에 후회를 하고,
많은 순간에 실수를 하고,
많은 순간에 잘못을 합니다.

그 많은 순간을 지나오면, 결국 성장합니다.
성장을 하고 나면, 더 잘하게 되는 거고요.

계속해서 나아갈 수 있었으면 좋겠습니다.
기죽지 말고, 겁먹지 말고, 포기하지도 말고.
결국엔 성장할 거고, 그때 잘하게 될 테니까.

어쩌다 한 번씩 내 마음이 내 마음 같지 않은 날이 있다.
도통 나조차도 내 마음이 이해 안 되고, 답답한 그런 날.

괜히 작은 일에도 짜증이 나며, 화가 나고, 울고 싶은 날.
나도 내가 왜 이러는 건지, 이상하리만큼 싱숭생숭한 날.

그건 내가 이상해서, 예민해서 그런 게 절대 아니다.
사람이라서, 사람이기에 누구나 그런 날이 찾아온다.

낮에는 낮대로, 밤에는 밤대로,
밝으면 밝은 대로, 어두우면 어두운 대로,
있는 그대로의 모습으로 살아가도 괜찮다.

언제나 밝은 대낮일 수도 없는 거고,
언제나 짙은 저녁일 수도 없는 거니,
억지로 바꾸려 애쓰지 않아도 괜찮다.

그럴 땐 다른 생각 말고 좋아하는 걸 했으면 좋겠다.

올바르게, 올곧게 살아간다면
좋은 날이 분명히 찾아올 거야.

뭐 하나 좀 망친 것 같고 너무 연연하지 말고
지나간 일엔 너도 똑같이 과감히 지나가 버려.

사사로운 나쁜 감정들에 오래 머무르지 말고
사랑하는 사람들과 좋은 기억을 많이 만들어.

나는 이미 많은 걸 해낸 사람

나는 이미 수많은 실패와 역경을 이겨내 왔다.

학창 시절, 시험을 망쳐서 크게 좌절한 적도 많았고,
원하던 일이 잘 풀리지 않아서
포기하고, 도망치고 싶었던 순간도 많았다.

원하던 사랑이 잘 이루어지지 않아서 슬퍼했던 적도 많았고,
어떤 사람 때문에 마음에 상처 입었던 적도 많았다.
친한 친구와의 다툼도 많았고,
원치 않았던 가슴 아픈 이별도 여럿 겪어왔다.

지금까지 살아오면서
이미 나는 수많은 도전을 했었고, 수많은 실패도 했으며,
수많은 극복도 했었고, 수많은 성공도 했었다.
셀 수 없이 많은 눈물과 땀을 쏟으면서 꿋꿋하게 여기까지 왔다.

내가 잘 기억하지 못하고 있을 뿐.
생각해보면, 나는 이미 정말 많은 것들을 해낸 사람이었다.

그 덕분에 지금의 내가 있을 수 있게 된 거고.

무언가 어려움을 만나 극복할 수 없다고 느껴질 땐,
이 사실을 꼭 기억해야겠다.

나는 이미 수많은 것들을 거뜬히 해내 온 사람이기에,
앞으로도 수많은 것들을 거뜬히 해낼 수 있는 사람임을.

나는 이미 많은 것들을 극복해 온 사람이기에,
앞으로도 당연히 많은 것들을 극복할 수 있는 사람임을.

잘함을 기다려주자

힘들다,
악착같이 열심히 살고 있는데
마음처럼 되는 게 하나도 없다.

서럽다, 왜 자꾸 나만 안되는 걸까.
괴롭다, 왜 항상 나만 못하는 걸까.

이런 생각이 드는 이유는 정말 잘하고 싶기 때문이다.
누구보다 잘하고 싶기에, 누구보다 잘해야만 하기에,
누구보다 간절하고, 누구보다 절박하기에,
잘하고 싶은데 잘되지 않으니까
속상한 마음 때문에 그런 것이다.

사실 이런 사람은 그 누구보다 좋은 욕심이 넘치고,
그 누구보다 열정으로 가득하고, 나의 인생을 위해
그 누구보다 열심히 노력하는 정말 멋진 사람이다.

그런 나에게 필요한 건 '매'가 아니다.

잘하고 싶었지만, 그러지 못한 나에게
가장 필요한 건 '기다림'이다.

내가 잘할 때까지 기다려주는 것.
뭐든 잘하기 위해선 충분한 시간과 기회가 필요하다.
내가 나에게도, 그 시간과 기회를 충분히 줘야 한다.

지금처럼 열심히 한다면,
반드시 잘할 거니까
그 순간이 찾아올 때까지 기다려주는 것이다.

사람은 무언가를 자꾸 재촉하면 재촉할수록
더 하기 싫어지고, 하던 일마저 잘되지 않는다.
마치, 어렸을 때 군이 말 안 해도 알아서 숙제할 건데,
엄마가 숙제하라고 잔소리하면서 재촉하면
더 하기 싫어졌던 것처럼.

정말 누구보다 잘하고 싶은 나인데,
재촉하지만 말고 믿고 기다려주자.
한 번도 제대로 기회를 줘본 적이 없었다면
이젠 넉넉히 기회를 줘봤으면 좋겠다.

오래 기다려줘도 괜찮고,
오래 걸려도 괜찮다.

오래 기다린 사람을 만나면
반가워서 눈물이 나오듯이,

오래 기다린 잘함을 만나면
행복해서 눈물이 쏟아질 테니까.

기다린 보람이 분명히 있을 것이다.

포기해야 할 타이밍

노력을 쏟고 있던 뭔가를 이젠 포기해야 할 것 같을 때
적절한 시기나 타이밍 같은 게 있다면 너무나 좋겠지만,
그런 것은 없다. 오직 나 자신의 판단과 선택에 달렸다.

뭔가가 너무 어려워서
포기하고 싶다면 기꺼이 포기해도 괜찮다.
다만, 너무 쉽게, 너무 가볍게,
포기해버리지는 않았으면 좋겠다.

내가 할 수 있는 모든 것을 남김없이 다해본 '노력'
나는 정말 내가 할 수 있는 최선을 다했다는 '확신'
포기하는 게 맞는 걸까, 끊임없이 반복했던 '고민'
이걸 포기하고 나서, 다시 무언가에 도전할 '용기'
그 외 나의 머릿속에서 이루어졌던 수많은 '생각'들.

이 모든 것이, 그 선택에 들어가 있다면,
그 포기는 쉽고, 가벼운 포기가 아니다.

많은 것들이 한데 모여 정해진 선택이라면,

내가 포기하기로 한 그 선택은 분명히 옳은 선택일 것이다.

그 무거웠을 선택을, 새로운 도전을, 온 진심으로 응원한다.

시작과 끝의 관점

육지와 바다의 경계선.
거긴 육지의 끝이 아니라, 바다의 시작이다.

하늘과 맞닿아 있는 절벽.
거긴 벼랑의 끝이 아니라, 하늘의 시작이다.

무엇을 어떻게 바라보고, 어떻게 생각하느냐에 따라
끝이 될 수도 있지만, 또 다른 시작이 될 수도 있다.
그건 다른 누가 아니라, 내가 스스로 정하는 것이다.

다 끝난 거 같다는 좌절감이 들 땐,
관점을 바꿨으면 좋겠다.
어떤 일이 끝난 게 아니라,
다른 걸 시작할 새로운 기회라고.

인생의 과정에 있어서 마침표는 필요 없다.
'쉼표'만 여러 번 찍으면서 살아가면 된다.
마침표는 생애 마지막에 한 번으로 족하다.

불행한 일이 생겼을 땐, 불행하다고만 생각했었다.
한 번은 '왜 나한테만 자꾸 이런 일이 생기는 거냐…?'라면서,
친한 친구에게 속상하고 답답한 마음을
솔직하게 털어놓은 적이 있었다.
그때 그 친구가 이렇게 말해줬었다.
"야, 그래도 그만하니 진짜 다행이다."

맞다. 그랬다. 친구의 말이 맞는 말이었다.
더 큰 일이 생기지 않아서 "불행 중 다행"이었다.

그 이후로 불행을 불행으로만 생각하지 않고,
그래, 이만하면 다행이라고, 정말 다행이라고 받아들일 수 있게 되었다.
찾아온 불행은 이미 벌어진 일이고, 내가 어쩔 수 없는 일이기에.

지금까지 왜 세상을 불행과 행복,
딱 두 가지로만 나누며 살아왔을까.

생각해보면, 불행과 행복 사이엔 '다행'이 있었는데.

어쩌면 불행을 더 큰 불행으로 확대했었던 것도
항상 나였는지 모르겠다.
앞으론 불행이 찾아왔을 땐, 다행으로 여기고,
인생에 다행과 행복만 남겨야겠다.

'불행하진 않지만, 행복하지도 않네…'라며 실망하지 않고,
때론 불행해도 괜찮으니
'이만하면 다행이다'라며 넘길 수 있는 내가,
행복도 마음껏 누릴 수 있는 내가 되고 싶다.

불행하다며 무거운 한숨만 내쉬지 않고,
다행이라며 안도의 한숨을 내쉬었으면 좋겠다.
그럼 불행이 불행이 아니게 될 테니까.

그렇게 불행은 드문, 행복은 흔한 사람이 될 수 있기를.

나쁜 일보다는 좋은 일이 많아졌으면 좋겠고
슬픈 날보다는 웃는 날이 많아졌으면 좋겠고

불안한 날보단 편안한 날이 많았으면 좋겠고
불행한 날보단 행복한 날이 많았으면 좋겠다.

나는 그냥 네가 끊임없이 행복했으면 좋겠다.

좋고 긍정적인 마음

언제나 항상
좋고 긍정적인 마음과 생각으로 살 수 있다면 정말 좋겠지만,
우린 사람이라 항상 그럴 수만은 없다.
단지, 그러려고 노력하는 것뿐이지.

그러니, 지금의 노력으로
좋고 긍정적인 마음을 갖는 게 힘들게 느껴진다면,
너무 애쓰지 않아도 된다고,
지금은 그러지 않아도 괜찮다고 말해주고 싶다.

분명히 다시 제자리로 돌아온다.
지금은 단순히 어려운 것뿐이다.
지금은 그럴만한 이유가 있을 거고,
그렇게 된 의미가 있을 거다.

그러니 빨리 달라져야겠다고,
허겁지겁 급하게 마음먹을 게 아니라
지금 자체의 상황을 있는 그대로 받아들여 보자.

"지금은 이런 시기이구나."

기꺼이 인정해 보자.

그것 또한 좋은 마음과 좋은 생각이 될 수 있다.

나 자체를 부정하지 않고, 내 감정을 부정하지 않고,

지금의 내 모습을 있는 그대로 인정해주자.

부정하지 않는 일이, 진짜로 나 자신을 위한 일이기도 하다.

괜찮다. 시간이 지나고,

마음이 진정될 때쯤이면 다시 괜찮아질 것이다.

걱정하지 않아도 된다.

언제 그랬었냐는 듯 분명히 다시 좋아질 것이다.

지금은 억지로 바꾸려 애쓰지 말고

그냥 편안한 마음으로 호흡해보자.

분명히 다시 또 좋아질 테니,

그때부터 다시 노력해도 괜찮은 것이다.

불안함을 걱정하지 마

불안함 때문에 미래를 미리 당겨와
지나치게 걱정하지 말자.

'시험에 떨어지면 어떡하지?'
'회사에서 잘리면 어떡하지?'
그건 떨어지고 나서,
잘리고 나서 생각해도 되는 것이다.

그때 해도 절대 늦지 않는다.
그때 다시 침착하게 고민해보면서,
방향이야 차분한 마음으로 다시 잡으면 된다.

지금은 시험이든, 일이든,
하고 있는 그 일에
할 수 있는 최선을 다하면 된다.

아직 일어나지도 않은 미래에 대한 불안감을
굳이 지금 하지 않아도 될 걱정으로 만들지 않아야 한다.

이미 있는 걱정으로도 힘든데 더 늘리지 말자.
걱정은 상황을 바꿔주는 게 아니라,
오히려 마음만 망쳐버린다.

걱정을 하든, 안 하든,
일어날 일은 일어나고,
일어나지 않을 일은 일어나지 않는다.

설령, 걱정하는 그 일이 일어나더라도
그게 안 좋게 된 거지,
내 인생이 안 좋게 된 게 아니다.

불안함은 불안한 게
당연한 거라고 인정하고,
불안함으로 그냥 두자.
뭐가 됐든, 미래는 원래 불안하다.

불안함으로 진짜 너무 괴롭다면
극복하는 방법은 딱 하나 있다.
불안하게 만드는 것을
직접 해결할 수 있도록
미리 준비하고 노력하는 것.

"유비무환"이라는 말이 있다.

미리 준비만 되어 있으면

걱정할 게 없다는 뜻이다.

걱정되어 불안해서 미치겠다면,

생각만 하고 있지 말고,

행동으로 해결할 수 있었으면 좋겠다.

아프면 아프다고 말하기

동물도 아프면 아픈 티가 나고,
식물도 아프면 아픈 티가 난다.
동물도 아프면 병원에 들르고,
식물도 아프면 주사를 맞는다.

아프면 아프다, 힘들면 힘들다,
괴로우면 괴롭다, 말해도 괜찮다.
참지만 말고 이젠 감정을
용기 있게 표현할 수 있었으면 좋겠다.

사람이니까, 당연히 이야기해도 되는 것이다.

말하지 않고, 표현하지 않고,
상대가 먼저 알아주길 바란다면,
그건 혼자만의 바람에서 끝난다.
사람의 마음은 눈에 보이지 않고,
사람은 타인의 마음을 읽을 능력이 없다.
세상에 독심술사는 없다.

감각은 신체가 보내는 신호고,
감정은 마음이 보내는 신호다.
가벼이 여겨도 되는 신호는 없다.

뜨겁다는 감각이 없으면 몸이 타들어 가고,
괴롭다는 감정이 없으면 속이 타들어 간다.
뜨거우면 "아 뜨거워!" 하면서 손을 피하듯이,
괴로우면 "아 괴로워!"라고 말을 해야 한다.

감정에 솔직한 건 절대 잘못된 일이 아니다.
나 자신을 지키기 위해서 꼭 필요한 일이다.

청춘

아프니까 청춘이 아니라,
건강해야 청춘인 것이다.

최대한 아프지 말아라.
최대한 건강해야 한다.
몸이든 마음이든 뭐든.

아프면 어떤 것도 할 수 없다.
일단 건강해야 뭘 할 수 있다.

최대한 아프지 않았으면 좋겠다.
최대한 건강했으면 좋겠다.

건강한 내가 되어야
건강한 삶이 되니까
건강한 게 청춘이다.

삶의 무게

무게가 무거우면,
수면 아래로 점점 더 가라앉는다.

무게가 가벼우면,
수면 위에서 둥둥 떠다닐 수 있다.

사람이 살아가면서 힘듦이 없을 수는 없다.

무겁게 살면,
그 힘듦 속으로 점점 더 가라앉는다.

가볍게 살면,
그 힘듦에 더 매몰되지 않을 수 있다.

매사 모든 일에 긴장하면서,
비장한 자세로 무겁게 살면,
오히려 점점 내가 망가진다.

긴장을 풀고, 의식적으로 가볍게 살아가자.

삶의 무거운 무게에 너무 오래 짓눌려 있으면
결국 나 자신이 힘듦 속 깊이 사라지게 된다.
수면 아래로 가라앉으면 보이지 않는 것처럼.

행복은 언제나 나의 곁에서 주변을 맴돌고 있더라.

사람마다 행복에 대한 관점의 차이만 있을 뿐이지.

행복에서 중요한 것은,

행복의 크기보단 빈도이지 않을까.

어쩌다 크게 한 번보다는,

작은 행복을 자주 만나고 싶다.

좋았든 싫었든 이왕에 태어난 거
재밌게 잘살아보자.
즐겁게 잘살아보자.
행복하게 살아보자.

정말, 정말 저승이 있다면 거기서 말할 수 있게.
꽤 괜찮은 삶이었다고. 꽤 재밌는 삶이었다고.
꽤 즐거운 삶이었다고. 꽤 행복한 삶이었다고.
아쉬운 건 조금 있어도 큰 후회는 별로 없다고.

다시 살아볼 만한 괜찮은 인생이었다고.
꽤 괜찮은 사람으로 살 수 있어서 좋았다고.
사랑하는 사람들과 함께할 수 있어 좋았다고.

그래서 아깝지 않은 인생을 살았다고.
나름대로 행복하게 잘 산 것 같다고.
한 번뿐이었지만, 그 한 번으로도 충분히 행복했다고.
그런 인생이었다고, 당당히 말할 수 있게.

비교

남과 나를 비교하게 되는 건,
'인간의 본능'인 것 같다.
하고 싶지 않아도, 자꾸 하게 되는
인간의 원초적 본능.

나보다 잘난 사람을 봤을 때,
부러운 마음과 생각이 드는 건
인간인 이상 너무나 당연하고
자연스러운 현상 아닐까 싶다.

원시 시대에도 자기보다
더욱 큰 동물을 사냥한 사람을 보면
분명 부러웠을 거다.
자신이 사냥한 작은 동물과 비교하면서.

그러니, 누군가와 비교하지 않는 일이
더욱 힘들게 느껴지고, 어렵게 다가온다면,
차라리 '본능이라 그렇다'라고 인정하고,

그 본능을 나한테 이로우며

좋은 방향으로 이용해 봐야겠다.

저 사람은 어떻게 해서 더 큰 동물을 사냥할 수 있었을까.

그 방법을 물어보고, 배우고, 익히고, 따라 해보기도 하며,

비관적으로 생각하는 게 아니라,

"저 사람도 큰 동물 사냥에 성공했으니,

나도 할 수 있겠다, 더욱 노력하면 되겠다"처럼

낙관적인 마음가짐으로, 낙관적으로 생각하면서, 유용하게.

그리고, 누구나 잘난 점이 있으면,

부족한 점도 당연히 있는 거니,

세상에 완벽한 사람은 없으니,

자신감 또한 절대 잃지 않아야겠다.

당장 해결되지 않는 문제가 있다면

시험에도 시간제한이 있고, 안 풀리는 문제가 있듯
인생에도 시간제한이 있고, 안 풀리는 문제가 있고,
시험도 꼭 100점짜리 시험지여야만 합격하는 것이 아니듯,
인생도 100점짜리 인생이 될 수도 없고, 그럴 필요도 없다.

지금 머리를 쥐어짜도 도저히 해결되지 않는 문제가 있다면,
당연히 어렵고 힘들겠지만, 그냥 흘러가게 놔둬도 괜찮다.
모든 문제를 다 풀어야만 하는 것도 아니며,
다 빨리빨리 처리해야만 하는 것도 아니기에,
그렇게 해봐도 괜찮다.

지나고 보면, 그리 큰 문제가 아닌 경우도 허다했고,
시간이 흐르면서, 자연스레 해결되는 문제도 많았다.
정말 내 인생에 커다란 타격을 입힐 정도의
힘 있는 문제는 그리 많지 않았다.
항상 작은 문제도 확대해석하면서
스스로 크게 받아들였던 것이 오히려 진짜 문제였다.

정말 큰 문제가 생기게 된다면,
그때 다시 마주해도 늦지 않을 테니.
다시 만났을 때, 한층 더 성숙해진 내가
분명 현명하게 해결할 테니.

지금 당장 어쩔 수 없는
어려운 문제를 만났다면, 시간의 힘을 믿고
기꺼이 맡겨보는 것도 좋겠다.

분명히 다 잘 풀리고, 다 잘될 테니까.

선택

고등학교 졸업 후에 대학을 갈까 말까 크게 고민했었다.
다른 친구들은 다들 가니까, 안 가면 후회할 것 같았다.

그래서, 오랜 고민 끝에 가기로 선택하고 대학교에 입학했다.
1년 정도 다니니까, 오히려 대학에 온 게 후회돼서 자퇴했다.

오늘 옳을 거라 믿었던 선택이,
내일 틀린 선택이 되기도 하고

오늘 틀린 것만 같았던 선택이,
내일 옳은 선택이 되기도 한다.

선택은 정답 맞히기가 아니라서
옳고 틀림으로 나누긴 힘들다.

선택하는 게 너무 어려워 고민이 길게 늘어질 땐
내가 나 자신한테 솔직하게 질문해 보는 것이 좋다.
"어떤 선택을 했을 때 내가, 내 기분이 더 좋을까?"

내가 좋아하는 선택을 해야 설령, 결과가 좋지 않더라도
좋아하는 선택을 한 거기 때문에, 후회가 훨씬 덜 남는다.
기회비용 따지며 오래 고민하기보단 좋아하는 선택을 하자.

후회 없는 삶을 살 순 없지만,
후회 적은 삶을 살 수는 있다.

그건 좋아하는 선택을 하고,
그 선택에 최선을 다하는 것이다.

인생 권태기

인생을 살아가다 보면 인생 자체에 질리는 시기가 있다.

뭘 해도 지겹고, 지루하고, 그냥 다 재미없게 느껴질 때.
무엇을 위해서 이렇게 열심히 살아가야 하나 싶어질 때.
사는 게 뭔지 생각만 많아지면서 답답함이 가득해질 때.

근데, 사실 생각해보면 질리는 게 너무 당연하다.
하루 이틀도 아니고, 이미 몇십 년을 살아왔는데.
앞으로도 몇십 년을 더 살아야 하는데 막막하기도 하고,

질리는 시기가 찾아오지 않는 게 오히려 더욱 이상하다.
그렇게 좋아하던 게임도, 그렇게 좋아하던 노는 것도,
계속하다 보면 질린다.
사람이라서 하다 보면 질리는 게 당연하니
살다 보면 질리는 것도 당연하다.

질릴 때는 그동안 해보지 않았던 새로운 것을 시작해보자.
재밌는 걸 찾아서 하는 게 아니라 생각나는 걸 그냥 하자.

하다 보면 재밌어지는 일이 생기기 마련이고, 해보고 나서
재미없으면 안 하면 되고, 또 새로운 걸 시작해보면 되니까.

새로운 시도를 두려워하지 않고, 용기 내어 도전해봐야겠다.

누구보다 멋지게 살고 싶었을

어제의 나를 기억해.

누구보다 멋지게 살아가게 될

내일의 나를 응원해.

지금 시작하면 되는 거야,

지금도 늦지 않았으니까.

가고자 하는 길을 정했다면

이리 가보는 게 좋겠다 해서 이리 가고,
저리 가보는 게 좋겠다 해서 저리 가고
남의 말에 너무 쉽게 흔들리면 위험하다.

설령, 먼저 그 길을 가본 선배의 조언이라도 그건 조언일 뿐.
절대 정답이 될 수 없다. 남의 말은 '참고'만 하는 것이 좋다.

과정의 방법이 달라질 순 있지만, 목표의 방향이 다른 데로 틀어지면,
진짜 이도 저도 아니게 된다. 지금까지의 노력과 시간이 '무'가 된다.

실패든 성공이든 상관없이, 끝까지 가보는 경험은 정말 중요하다.
그 경험 자체가 값지고, 그 경험은 언젠가 내게 도움이 되어준다.
자꾸 방향을 이리저리 바꾸면, 어디에도 도착하지 못하고 헤맨다.

내 인생의 나침반은 언제나 내가 쥐고 있다는 것을 잊어선 안 된다.
내 마음의 소리가 내 나침반이다.
나의 나침반을 믿고 따라서 가보자.

마침표를 찍어야 문장이 완성되듯,
시작은 끝이 있어야 의미가 생기기에,

가고자 하는 길을 정했다면
내가 날 믿고 끝까지 가봐야겠다,
줏대 있게.

자신감을 잃는 이유는 성공한 경험은 별로 없고,
크든 작든 언제부턴가 실패만 경험해서 그렇다.
자꾸 실패하니 자신을 믿지 못하게 되는 것이다.

자신감을 되찾으려면 성공하는 경험을 만나야 한다.
'작은 성공'을 일상에서 자주, 그리고 많이 경험하자.

하루에 하는 모든 일상을 다 목표화시키는 것이다.
양치 같은 당연한 일들도 전부 종이에 적으면 좋다.

그렇게 하면, 일상이 목표가 되고, 그저 일상만 보내도
성공하는 경험을 만날 수 있다. 그렇게 해낸 것들을
하나씩 종이에서 지우면, 성취감도 느낄 수 있게 된다.

그렇게 하던 게 익숙해지면, 새로운 걸 작게 시작도 해보고,
기존에 하던 것들의 양도 더 늘려보고, 급하지 않게 조금씩
키워나가는 것이다. 양을 늘렸는데 어려우면 다시 줄이고.
안주하지 않되, 이길 수밖에 없는 싸움을 하는 것이다.

작은 성공을 자주 만나자, 그 만남이 곧 자신감이 된다.
하다 보면 "나도 할 수 있네"라는 생각이 분명 자라난다.

큰 성공만 성공이 아니라
아주 작고 사소한 성공도 성공이다.

기초가 쌓여 기본이 되고
기본이 쌓여 기술이 되듯

작게 생각해서, 작게 시작하고,
점점 크게 만들어 나가면 된다.

세상에 처음부터
크고 거대한 것은 극히 드물다.

새옹지마

'새옹지마'라는 말을 참 좋아한다.
인생은 한 치 앞도 모른다는 거.

앞으로 안 좋은 일이 있을 수도 있기에
두렵지 않다면, 너무 당연한 거짓말이겠고,
두렵지만, 정말 많이 두렵고, 크게 두렵지만,

인생은 한 치 앞도 모르는 거니까, 언제가 되었든,
분명히 좋은 일들이 나에게도 다가올 거라는 '희망',
분명히 좋은 날들이 나에게도 찾아올 거라는 '기대',
그리고 그렇게 되기 위한 나의 빛나는 노력, 도전, 소망,
꿈, 목표 이런 것들 품고 사는 것도 나름의 재미가 있다.

앞으로의 인생이 어떻게 될지는 알 수 없지만,
확실한 건 노력하면, 내가 조금만 더 노력하면,
좋은 일이 많아질 확률이 훨씬 오른다는 것이다.

물론, 노력의 과정이 괴롭고, 힘들고, 쉽지 않지만,

그 노력의 끝은 정말 아름답고, 정말 예쁠 테니까,

절대 노력이 노력에서 마무리되지는 않을 테니까,

지금은 조금 더 스스로를 믿고, 기운 내보는 게 좋겠다.

분명히 잘될 거고, 그건 결국 나 자신을 위한 일이니까.

PART 3
———

용기

내가 나를 사랑하기 어려운 이유

내가 나를 모른다.
우리는 모르는 사람을 사랑하진 않는다.
누군지도 모르고, 어떤 사람인지도 모르는데,
어떻게 사랑하나.

사랑할 부분이 없어서 그렇다, 만들어줘야 한다.
내가 정말 미워하고, 예뻐할 구석이라곤
하나도 없는 아이를
당장 내일부터 사랑하라고 하면
그게 가능할까? 장담컨대 어렵다.
건강한 신체든, 능력이든,
가꾸고 다듬어가는 노력의 시간이 필요하다.

너무 자주 나무라고, 비난하고, 못되게 군다.
나한테 허구한 날 뭐라 하고, 못살게 구는 사람을
사랑할 사람은 아무도 없다.
좋은 말, 칭찬을 많이 해주고,
따뜻하게 대해주는 사람을 사랑할 수밖에 없다.

다들 자꾸 나 자신을 사랑해야 한다고 이야기하는데,
'지금의 나는 왜 나를 사랑하지 못할까…'라며 자책하지 말자.
모든 일엔 단계가 있고, 꼭 거쳐야만 하는 과정이 있다.
하루아침에 완성되고, 단기간에 이룰 수 있는 일은 없다.

사랑도 채워가는 것이다. 조금씩 그 크기를 늘려가는 것이고.
결국엔, 나 자신을 사랑하고 안아줄 수 있는 사람이 될 테니
지금 당장에 사랑하기 힘들다면 너무 애쓰지 않아도 괜찮다.

천천히, 급할 필요 없이
내가 나를 더 사랑스러운 사람으로
만들어가면 되는 것이다.
사랑할 수밖에 없도록.

있을지 없을지도 모르는
미래의 행복이 중요한 게 아니라,

'지금 가질 수 있는 행복'부터
최대한 누리면서 살아가는 게 더 중요한 거 아닐까.

이루고자 하는 미래의 목표와
지금 내 삶 속에서 느끼는 행복의 균형.
이 균형을 제대로 유지할 수 있어야 하지 않을까.

물론, 미래의 행복과 꿈과 목표도 중요하겠지만,
인생은 게임이 아닌데, 무슨 게임 퀘스트 달성하듯이,
지나치게 어떤 목표와 어떤 꿈에만 매달려서 살아가다 보면,
결국 돌아오는 건 허무함이고,
계속 그 허무함의 반복뿐이지 않을까.

지금 누릴 수 있는 순간순간의 행복도 온전히 누리는 동시에
미래의 목표를 향해 가는 것.

그게 진짜 행복하게 사는 방법이 아닐까.

당장 내일이 있을지 없을지도 모르는 게 사람의 생애인데.
미래의 행복도 좋지만,
지금 당장 행복한 사람이 됐으면 좋겠다.

"해 보기 전에는 날이 밝은지 모른다."
계속 어두운 저녁이라고 착각하는 것이다.

"해보기 전에는 내가 밝은지 모른다."
계속 암흑 속에 있다고 착각하는 것이다.

지금 암흑 속에 있는 거 같다면, 다시 일어나서 해보자.
'해볼까?'
생각한 게 있다면, 시작을 망설이고 있다면,
고민은 접어두고, 생각은 뒤로 하고, 일단 그냥 해보자.

진짜 하고 싶은 일인데,
지금 하지 않으면, 어차피 나중 가서 또
'할까, 말까.' 다시 고민하게 된다.

하고 싶은 그 일이 오직 지금 시기에만
할 수 있는 일일지도 모르는 거고,
지금보다 더 늦으면,

하고 싶어도 할 수 없게 될지는 아무도 모를 일이다.

그냥 해보면 뭐라도 남는다.
할 수 있을 때 해봤으면 좋겠다.
더 젊을 때, 더 빨리, 경험해봤으면 좋겠다.
빨리 시작할수록 기회 또한 빨리 만나게 될 거고,
가질 수 있는 순간도 많아질 것이다.

고민은 이제 그만하고,
용기 내어 시작만 하면 딱 좋겠다.

해 보고 나면 눈이 부시듯,
해보고 나면 빛이 보일 테니까.

'된다'와 '안 된다'

'나는 안 될 거야'라고 생각하면, 될 것도 진짜 안 된다.
내가 안 된다고 생각하면, 아예 제대로 하질 않기 때문에.

'나는 될 거야'라고 생각하면, 안 될 것도 진짜 된다.
내가 된다고 생각하면, 될 거라 믿고 열심히 하기 때문에.

사람은 자기가 생각하는 그대로 움직인다.
될 거라고 생각하면, 되게끔 움직이고,
안 될 거라 생각하면, 안 되게끔 움직인다.

뭐든 된다고 생각한 채 움직여야 한다.
반드시 된다고 믿은 채 행동해야 한다.

사람이 사는 세상에서, 사람이 하지 못할 일이 없고
사람이 만든 세상에서, 사람이 되지 못할 것이 없다.

나 또한 분명한 사람이라서, 할 수 있고, 될 수 있다.
그게 무엇이든 간에 나는 다 해낼 수 있는 사람이다.

현재, 지금, 여기

과거를 바라보면 '미련'과 '후회'가 보인다.
미래를 바라보면 '걱정'과 '불안'이 보인다.

현재를 바라볼 수 있어야 한다.
지금 존재하고 실재하는 건 '현재'밖에 없다.
나의 존재 또한 '현재' '지금' '여기'에 있다.

과거를 바라보기엔 이미 너무 멀어져 보이지 않고,
미래를 바라보기엔 아직 너무 멀어 보이지 않는다.

나중에 돌이켜 봤을 때 지난 과거를 바꿀 수 있는 것도
아직 어떠한 것도 정해지지 않은 미래를 결정하는 것도,
지금 여기서 숨 쉬며 살아가고 있는 '현재의 나'뿐이다.

지나간 것은 지나간 대로 내버려 두고,
다가오는 것은 다가오는 대로 만나고,
지금에 집중하면서 살아갔으면 좋겠다.

너 하고 싶은 대로 하고,
너 살고 싶은 대로 살아.

남의 인생이 아니라,
너의 인생이니까.

원하는 삶을 만들어간다는 건
원하는 걸 하면 돼.

네가 원하는 모습으로
원하는 인생을 살아갔으면 해.

그게 너랑 가장 잘 어울리고,
가장 잘 맞는 인생이야.

자존감과 자신감

자신감이나 자존감이나 똑같이
내가 나에게 갖는 감정일 뿐인데,
자신감은 "있다" "없다"라고 말하면서,
자존감은 왜 "높다" "낮다"라고 말할까.

표준국어대사전에도 없는 단어인데,
누가 언제 굳이 이런 단어를 만들어서
다 동등하고, 다 똑같이 소중한 사람들을
자존감이 높은 사람, 낮은 사람 딱 둘로 나눠놨을까.

내가 나를 존중하든, 내가 남을 존중하든
존중하면 존중하는 거고, 말면 마는 거고.
높낮이 같은 게 중요한 건 아니지 않을까.

자존감이 높다고 생각하든, 낮다고 생각하든,
그런 건 상관없이, 자신감만 갖고 살아야겠다.
근거 없는 자신감을 가지고 사는 것이 좋겠다.

자신감이 없으면, 어떠한 일에도 도전하지 못하니
먼저 자신감부터 갖고, 근거는 만들어가면 되겠다.
조급해하지도, 안주하지도 않고, 차근차근 하나씩.

그게 곧 자존감이 되고,
단단한 자신감이 될 테니.

변화와 기대

남의 변화를 기대하지도 말고,
남의 뭔가를 기대하지도 말자.

나의 변화한 모습을 기대하고
나의 성장한 모습을 기대하자.

남에게 기대하면 할수록, 내가 받을 실망만 점점 늘어나고,
자꾸 남에게 의지하게 되고, 자꾸 남에게 기대고 싶어진다.

나의 더 멋진 내일을 기대하면 할수록
기대하지도 않았던, 기적 같은 일들이
내 눈앞에 기적처럼 떡 하니 나타난다.

나에게 거는 기대가 나를 더 노력하도록 만든다.
언제나 기적은 나로부터 시작된다, 남이 아니라.

큰 걸 꾸준하게 하려고 하기보단,

작은 것들부터 꾸준하게 해보세요.

매일 꾸준히 할 수 있을 만큼

아주 적은 양을 정해서 그것부터 지켜보세요.

매일 꾸준하게 5분 운동, 5분 산책하기.

매일 꾸준하게 책 한 페이지씩 읽기처럼 작게.

꼭 매일은 아니더라도

스스로와의 약속을 최대한 자주 지켜내면,

점점 자신감이 생기고,

꾸준함의 능력이 서서히 오르게 됩니다.

그러다 거기에 적응이 되면,

자연스레 알아서 움직이게 됩니다.

오히려 안 하면 찝찝합니다.

뇌가 그 행동에 익숙해진 것입니다.

그럼 그땐 이미 습관이 꽉 잡힌 것입니다.

'이 시점'에서부터 조금 더 양을 늘려보는 겁니다.

만약, 늘렸는데 해내지 못했다면

또다시 양을 줄이는 겁니다.

그렇게 계속 스스로 조정해가면서

할 수 있는 만큼 하는 겁니다.

아주 작은 것부터 시작해서,

점점 더 크게 만들어보세요.

꾸준함도 길러지는 능력입니다.

절대 고정값이 아닙니다.

나밖에 할 수 없는 일

인생을 스스로 망가뜨리는 것도 나이고
망가진 인생을 다시 고칠 수 있는 것도 나다.
다 나밖에 할 수 없는 일인데,
내가 포기해버리면 누가 해주나.

망가진 인생은 다시 고치면 되고
실패한 인생은 다시 성공하면 되고
상처받은 인생은 다시 치유하면 된다.

분명히 할 수 있는 것임에도 불구하고
항상 나는 할 수 없다고 단정 짓는 것도 나다.
제대로 해보지도 않고 말이다.

내가 하는 '생각'이 내 인생을 좌우하고
내가 보는 '관점'이 세상을 달리 보이게 해준다.

많이 생각하는 것보다 훨씬 중요한 것이
'어떤' 생각을 하느냐이고

무엇을 바라보느냐보다 훨씬 중요한 것이
'어떻게' 바라보느냐이다.

지금 세상이 마음에 들지 않고,
내 인생이 마음에 들지 않으면
내가 할 수 있는 최선이면서, 최고의 방법은
내 사고와 관점부터 뜯어고치는 거밖에 없다.

버텨야만 하는 힘듦을 버티는 방법

언제 끝날지 모르지만, 반드시 버텨야만 하는
힘든 시기에 있다면 그 '버팀의 끝'을 정하면 좋다.
'1년이면 1년, 2년이면 2년, 언제까지만 버티자'를 직접 정하는 것이다.

사람은 아무리 힘들어도 그 끝을 알고 있으면 어떻게든 버틸 수 있다.
'군 전역'도, '오래달리기'도, '숨 참기'도 끝이 정해져 있으니 버틴다.
버티면 버틸수록, 그 끝이 가까워지고 있단 걸 너무 잘 알고 있으니까.

지금 다니는 회사가 너무 힘들고 지치는데,
현실에 막혀, 당장은 버텨내야만 한다면,
어떻게든 꾹 참고 이겨내야만 한다면,
'딱 이때까지만 버텨보자'를 직접 정해 보자.

1년이든, 2년이든, 버티고 났을 때
예전보다 상황이 좋아졌다면 정말 다행인 것이고,
그대로 힘들다면 그땐 과감히 그만둘 용기가 필요하다.

현실과 더 이상 타협하지 않아도 될 만큼의

충분한 기간을 정하고, 그 끝을 바라보면서

악착같이 한 번 버텨보자.

해낼 수 있다고 마음먹으면

다시 살아갈 힘이 생기고, 버텨낼 힘이 길러진다.

앞으로도 계속 과거가 될 오늘에
'후회'라는 부정적인 단어보다는
'추억'이라는 긍정적인 단어들을
더 많이 남길 수 있었으면 좋겠다.

비워야 채워진다

텅 빈 그릇엔 무엇도 담을 수 있고,
꽉 찬 그릇엔 무엇도 담을 수 없다.

놓친 것들이 많을수록
품을 것들이 많아지고

버린 것들이 많을수록
가질 것들이 많아지고

비운 것들이 많을수록
채울 것들이 많아진다.

많이 놓치고, 버리고, 비울수록,
새로운 것들로 더 채울 수 있다.

헌 것을 미리미리 많이 비워 놓아야만,
새것을 많이 채울 수 있음을 잊지 말자.
행복으로 가는 지름길은 '채움'이 아니라 '비움'이다.

모래시계

우리는 태어날 때 모래시계를 하나씩 가지고 태어났다.
각자의 인생엔 각자의 모래시계가 하나씩 있는 것이다.

시계의 크기도 모래가 떨어지는 속도도 예외 없이 전부 다르다.
모래를 채워 넣을 수도 없고, 떨어지는 속도를 늦출 수도 없고,
시계를 다시 뒤집을 수도 없고, 시계가 멈추도록 할 수도 없다.

세월이 흐르면 흐를수록 남아 있는 모래의 양은 점점 줄어든다.
내일 당장, 남은 모래들이 전부 다 떨어질지도 모를 일이다.
더 어렸을 땐 이런 생각을 해보질 못했다.
소중한 모래를 낭비만 해왔다.

영양가도 없고, 어떤 가치도, 유익함도 없는,
심심함 달래려고 하는 만남.
매일 비슷한 사람과 비슷한 술자리.
돈은 돈대로, 시간은 시간대로 쓰면서,
정작, 나 자신을 위한 가치 있고,
건설적인 시간을 보낸 적은 거의 없었다.

아까워도 너무 아까운 모래다.

다시 주워 담고 싶은 마음이 간절하다.

그렇기에, 이제부터라도 한정된 모래를

절대로 낭비하지 않기로 했다.

매 순간 떨어지고 있는 모래알 하나하나가

그렇게 귀중할 수가 없기에,

내 인생에 긍정적인 영향을 주는 일과

좋은 영향을 주는 사람들에게만

소중한 모래를 사용해야겠다.

정말, 정말로 더는 낭비하지 말아야겠다.

나만 뒤처진 것 같다고 불안해하지 않기.
나만 안 되는 것 같다고 자책하지 않기.
나만 혼자 뭐 하는 건가 동정하지 않기.
혼자 불행한 미래를 미리 가정하지 않기.
아직 일어나지도 않은 일을 예측하지 않기.

할 땐 하고, 쉴 땐 쉬고, 놀 땐 놀면,
그게 잘 사는 거니 너무 걱정하지 않기.

지금 투자하고 있는 이 시간과 노력이
미래의 더 나은 나를 만들게 분명하니 괜한 의심하지 않기.

충분히 할 수 있는 사람이면서 할 수 없다고 선 긋지 않기.

재능

가지고 태어나는 재능이 있으면
살면서 만들어지는 재능도 있다.
뭐가 됐든, 둘 다 필요한 건 똑같다.

최대한 많은 것들을 시도해 보면서
최대한 많은 것들을 경험해 보면서
최대한 많은 것들에 도전해 보면서
그 과정에서 내가 쏟는 '노력'이다.

아무리 타고난 재능을 가지고 태어났어도,
해보지 않으면 어떤 재능이 있는지 모르고.
아무런 재능을 가지고 태어나지 않았어도
뭔가를 끊임없이 하다 보면 재능은 생긴다.

이건 정말 당연한 것이다. 재능을 탓할 이유가 없다.

재능을 탓하는 사람은 노력하기 싫어서
자기 합리화가 필요했던 사람일 뿐이다.

주변을 둘러보는 여유

인생을 열심히 살아가야 하는 것도 물론 좋고 중요하겠지만
주기적으로 한 번씩 주변을 둘러볼 여유도 필요하지 않을까.

뭔가를 얻고 이루고 가지기 위해서 열심히 하다 보니,
진짜 소중한 것들도 열심히 놓치고 있었던 건 아닌지.

돈을 열심히 좇았더니 건강은 열심히 잃었고,
사랑을 열심히 좇았더니 우정은 열심히 놓쳤고,
성공하겠다며 일만 열심히 하다 보니,
사랑하는 가족의 목소리는 열심히 잊은 건 아닌지.

남의 눈치를 열심히 살피며
맞춰주려 열심히 노력했더니, 나의 소중함은 열심히 잃었고,
남의 시선과 반응을 열심히 신경 썼더니,
정작 더 중요한 내 감정은 열심히 방치해 놓았던 건 아닌지.

내게 정말 소중한 누군가는 내 안부 전화 한 통을
말도 못 한 채 하염없이 기다리고 있는 건 아닌지.

내게 정말 소중한 누군가는 내가 모르는 사이에

너무나 힘든 시간을 혼자 겪어내고 있는 건 아닌지.

무엇보다, 가장 중요한 내 정체성을

잊은 채 살아가고 있었던 건 아닌지.

소중한 걸 너무 빨리 잃고 나서, 돌이킬 수 없는 후회하기 전에

미리미리 관심을 기울이고, 찬찬히 둘러볼 수 있는 여유로운 시간.

그런 시간이 우리에겐 정말 중요하면서, 꼭 필요한 시간이 아닐까.

"뱁새가 황새 따라가면 다리 찢어진다"라는 속담의 뜻은
황새가 뱁새보다 훨씬 빨라서, 더 낫다는 말이 아닙니다.

뱁새는 뱁새니 뱁새의 속도로.
황새는 황새니 황새의 속도로.
나는 나이니까 나만의 속도로.

그렇게 가면 된다는 뜻입니다.

어렵게 생각하지 않기

사람이 살다 보면
이럴 수도 있는 거고, 저럴 수도 있는 거다.

하루이틀 사는 것이 아니기에,
당연히 만나는 상황이나 사람마다 다르게 대처하게 되고
그 과정에서 실수나 잘못은 얼마든지 나올 수 있다.

만나는 모든 상황과 사람에 의미를 부여하지 말자.
각종 의미를 굳이 가져다 붙이면, 생각이 많아지고,
곱씹게 되고, 그럼 정신이 지치고, 점차 피폐해진다.

이미 지나간 건 돌이킬 수 없고, 어쩔 수 없는 것이며
더 이상 손댈 수 없는 일이다. 치명적인 실수를 했다면,
다음부턴 그런 일이 발생하지 않도록 기억해두면 되는 일이고

사소한 실수를 했다면 그건 그냥 넘겨도 좋고,
상대방이 기분 나빠했다면 먼저 잘못을 인정하고,
진심으로 사과하면 되는 일이다.

다음부터 더 주의하면 되는 거다.

매사 모든 일과 상황과 사람에
너무 어렵게 생각하지 않았으면 좋겠다.

쉽고 단순하게 생각해야
내 마음이 한결 편해질 수 있고,

내 마음이 편해야
건강한 마음을 유지할 수 있다.

사람이 가장 행복할 때

유치해도 괜찮고, 유별나도 좋고, 엉뚱해도 좋으니
하고 싶다고 생각했다면 용기 내어 도전했으면 해.

사람은 내가 하고 싶은 걸 할 때,
가장 큰 기쁨을 느끼게 된다더라.

뭐라도 다 좋고, 뭐든 다 괜찮으니
하고 싶다는 생각이 번뜩 들었다면
당장 시도해 봤으면 좋겠다.

갑자기 공부가 하고 싶으면, 갑자기 공부해 보기도 하고,
갑자기 운동이 하고 싶으면, 갑자기 운동해 보기도 하고,
갑자기 여행이 가고 싶으면, 갑자기 여행도 다녀와 보고,
갑자기 하고 싶은 게 생기면 갑자기 과감하게 시도해 봐.

그리고, 앞으론 내 마음의 소리에 더 귀 기울여 집중해보자.
그럼 하고 싶은 게 더 많아질 거야,
이미 다 내 안에 있거든.

하루를 계획할 땐 시간으로 계획하면 힘들어진다.
우리의 하루엔 워낙 변수가 많아서,
시간 계획으로 지켜내기 어렵다.

뭔가를 계획했던 시간에 중요한 전화라도 한 통 걸려오면,
뒤에 계획들까지 우르르 무너져버린다.
시간은 내가 통제할 수 없는 영역이다.

내가 통제할 수 있는 것은 '양'이다,
계획은 측정할 수 있는 '양'을 꼭 정해야 한다.

오늘 아침 무엇을 하기로 계획한다면
'몇 시에 몇 시간 하겠다' 시간을 정할 게 아니라,
'책을 한 페이지 보겠다' 이렇게 양을 정해 놓고,
하루를 끝내기 전, 즉, 잠들기 전까지
어떤 시간에 무엇을 하든, 하기로 한 것만 해내면 된다.

무슨 일을 해야 하는데 시간이 부족하다면,

그건 내가 게으른 게 아니라, 내 능력 밖의 일인 것이다.

자책할 게 아니라 나의 현재 능력을 인정하고,

시간이 부족하지 않도록

해야 할 일들의 양을 더욱 줄이는 것이 현명하다.

시간 관리한다며, 절대 숫자에 지나치게 집착하지 않는다.

원래 시간 같은 것은 없었다.

시간도 사람이 만든 것이다.

하루 주어진 24시간 안에서,

하기로 했었던 것만 해낸다.

시간 관리에 대한 강박감이

사람의 숨통을 조이는 것이다.

안 되는 건 될 수 있도록 만들면 된다.

자책하지 말자.

내가 못 하는 사람이라서 안 되는 게 아니다.

방법이 있다.

안 되면 안 된다고 바로 때려치울 게 아니라,

어떻게 하면 되게 할 수 있을지 고민해봤으면 좋겠다.

아침에 자고 일어나서, 바로 이불 정리하는 일이 너무 귀찮았다.

늘 계획했지만, 항상 실패했다.

그래서 '어떻게 하면 될 수 있을까?'를 고민했다.

일어나자마자 이불과 베개를 침대에서 방바닥으로 집어 던졌다.

그렇게 하니까 눈에 거슬려서

하기 싫어도 정리할 수밖에 없게 되었다.

아침에 일찍 일어나야 할 때, 일어나는 게 너무 힘들었다.

또다시 '어떻게 하면 일찍 일어날 수 있을까?'를 고민했다.

네모난 알람시계를 산 뒤, 자기 전 그 위에

치약을 묻혀둔 칫솔을 올려두고 잤다.

아침에 알람이 울릴 때, 그걸 끄려면 칫솔을 들 수밖에 없다.

알람을 끄면서 칫솔을 입에 넣고

양치를 하니까 잠이 달아났다.

꼭 해야만 하는 일이라면, 되게 할 방법을 고민해보자.

열쇠 없는 문은 없다. 정 열쇠가 보이지 않으면

열쇠공을 기다리는 방법도 있고,

무식하게 냅다 부수는 방법도 있다.

계속 고민해보고, 연구해보고, 실험해보면

결국 나와 잘 맞는 해결책이 나온다.

하지만, 인생에 꼭 필요한 일도 아니고,

꼭 해야만 하는 일도 아닌데,

잘 안 된다면 자책하지 말고,

자신을 나무라지 말고, 그냥 하지 말자.

꼭 필요한 것도 아닌데 안 되는 걸 억지로 하려 하면,

나 자신을 힘들게 만드는 일밖에 되지 않는다.

예를 들어 '미라클 모닝' 같은 거 안 되면 안 해도 된다.

안 해도 인생에 아무런 지장 없다.

혼자 보내는 시간

혼자인 시간을 두려워 말자.

혼자서도 행복할 수 있어야,
함께여도 행복할 수 있으며
혼자여도 행복할 줄 알아야,
함께해도 행복한 법을 안다.

기꺼이 한 번쯤은 혼자가 되어보자.
많은 걸 느낄 수 있고, 많은 걸 배울 수 있고,
많은 걸 얻을 수 있다.

혼자서 지내는 시간이 있어 봐야 안다.
사람이 그리울 때까지 혼자 있어 보면,
혼자만의 시간의 소중함을 알게 되고
함께하는 시간의 소중함을 알게 되고,
그 소중함을 알면 삶까지 소중해진다.

잠깐이라도 좋으니, 용기 내어 얼마간 혼자가 되어봤으면 좋겠다.

정말 많은 것을 깨우칠 수 있고, 한층 더 성장한 내가 될 수 있다.

혼자서도 잘 지낼 수 있어야 하고
혼자여도 행복할 수 있어야 한다.
그래야만, 더 잘 살아갈 수 있다.

잘될 거예요.

정말 잘될 거예요.

당신은 좋은 사람이니까.

당신은 참 괜찮은 사람이니까.

이미 너무 훌륭히 괜찮으니까.

나의 소중한 꿈

간혹 이런 사람들이 있다.
누군가에게 내 꿈이나 목표를 이야기했을 때,

"네가 그걸 어떻게 하냐?"
"네가 하면 나도 하겠다."

내 꿈을 무시하듯, 비아냥거리는 사람들.

응원해 주기 싫고, 도와줄 생각 없으면 가만히라도 있지,
아직 시작도 하지 않았는데 괜히 먼저 초 치는 사람들.

주변에 이런 사람들로 인해 도전을 망설이고 있거나,
'내가 정말 할 수 있을까…?' 의심하면서, 주저하고 있다면,
신경 쓰지 말고, 나의 꿈과 목표에 맘껏 도전할 수 있었으면 좋겠다.

들을 필요 없는 말이고, 상대할 필요 없는 말이다.
'얘가 이거 진짜 해서 잘되면 어떡하지…?'
이런 생각에 불안한 마음이 생기는 것이다.

그거 말고는 그런 말을 할 이유가 전혀 없다.

내가 처음 글을 쓰겠다고 이야기했을 때,
한 친구가 나를 비웃으면서 이렇게 말했다.
"네가 글을 쓴다고? 나도 쓰겠다. 작가는 아무나 해?"
그 당시에 내가 그 친구의 말로 인해서 자신감을 잃고,
도전하지 못했었다면, 이 책도 세상 밖으로 나오지 못했을 것이다.

내가 정말 원하는 일이고, 스스로 하고 싶다고 생각했고,
할 수 있겠다고 여겼다면, 남이 어떤 말을 하든 듣지 않아도 된다.
내가 하기로 마음먹었다면, 최대한 빨리 시작해서,
최대한 빨리 원하는 것을 얻어 내는 것. 그게 내가 해야 할 일이다.

나아가 그런 사람들은 주변에서 정리하면 인생에 훨씬 도움이 된다.
앞으로도 내 인생에 걸림돌밖에 되지 않는다.
항상 내 도전이나, 목표에 태클을 걸게 눈에 뻔히 보인다.

정작 본인은 인생에서 어떠한 용기도, 꿈도, 목표도 없으면서
남의 꿈을 무시하고, 비웃고, 짓밟고, 비아냥대는 사람들의 말에
그 무엇보다 소중한 나의 꿈과 목표를 절대 놓아 버리지 않기를.

내가 할 수 있는 것만

세상엔 만지고 싶어도 만질 수 없는 것이 있으며,
걷고 싶어도 걸을 수 없는 곳이 있으며,
보고 싶어도 볼 수 없는 사람이 있다.

사람은 내가 어찌할 수 없다는 걸 확실히 알고 있으면,
아쉬울 순 있어도, 체념하고, 그 사실을 받아들인다.

내가 노력해도 그 사실은 변하지 않는다는 걸
분명히 알고 있기에, 바꾸려는 시도조차 하지 않는다.

인생에도 내 노력으로 바꿀 수 있는 것과 바꿀 수 없는 게 있다.
사람의 능력과 에너지에는 한계가 있기에,
반드시 내 노력을 통해 바꿀 수 있는 것에만 집중해야 한다.

내 노력으로 바꿀 수 없는 것은 과감히 체념하고, 포기할 수 있어야 한다.
나의 노력으로 바꿀 수 있고,
할 수 있는 일에만 전력을 다했으면 좋겠다.

노력을 통해 바꿀 수 있는 것과 없는 것을 구분하려면 해보면 된다.
그냥 해봤을 때 조금이라도 변하는 게 있다면 바꿀 수 있는 것이며,
오랜 시간 공들였음에도, 달라지는 게 없다면 바꿀 수 없는 것이다.
가령, 완전히 돌아서 버린 '사람의 마음' 같은 거.

인생에서 가장 중요한 것

인생에서 정말로 가장 중요한 핵심은
방향도 아니고, 속도도 아니고, '시도'야.

오른쪽으로 가든, 왼쪽으로 가든,
저속으로 달리든, 고속으로 달리든,
시동부터 걸고, 출발해야 할 수 있는 거잖아.

느긋하게 가면서, 만나는 상황과 달라지는 환경에 따라
방향이든, 속도든, 뭐든 그때그때 정하고 바꿔도 괜찮아.
시도부터 하면 속도든, 방향이든, 목적지든 정해질 거야.

방향 잡겠다면서, 속도 찾겠다면서, 더는 시간 낭비 그만하고,
생각해 둔 게 있다면, 뭐가 됐든 당장 시도부터 했으면 좋겠다.

일단 가보면서 방향을 바꿔도 괜찮고,
잠깐 정지한 뒤에 고민해봐도 괜찮고,
이게 아니다 싶으면 유턴해도 괜찮아.
그러니 제발 출발부터 했으면 좋겠다.

많이 힘들죠?
뭐 하나도 제대로 되는 일이 없어서.

많이 무섭죠?
원하는 일이 잘되지 않을 것 같아서.

많이 두렵죠?
원하는 미래가 오지 않을 것 같아서.

사람 감정이라는 게, 사람 산다는 게,
다 그렇게 비슷비슷한 거라 괜찮아요.
걱정하지 말아요, 사람이라서 그래요.

내가 제일 잘나간다는 마음가짐으로,
내가 유일무이 최강이라는 생각으로,
용기를, 자신감을 가졌으면 좋겠어요.

나라면 반드시 할 수 있고, 반드시 될 수 있습니다.

내가 제일 잘나가니까, 나 자신 좀 치켜세워주세요.

앞으로는 이렇게 생각해보는 겁니다.

'쫄 필요 하나도 없어, 내가 제일 잘나가니까.'

터무니없는 자신에 대한 믿음이 터무니없는 기적을 만들어줍니다.

하고자 마음먹었다면
그냥 해야 합니다. 무조건 '그냥' 부딪쳐야 합니다.

생각이 많아지면, 생각만 하다 끝납니다.
생각이 많아지면, 결국 하지 않아도 될 이유를 찾습니다.
생각이 많아지면, 생각하다가 에너지를 다 써 버립니다.
그럼 아직 뭘 하지도 않았는데, 에너지가 다 사라져 버립니다.
공부를 하기로 했다면, 일단 책상에 앉는 겁니다.
그리고 그냥 해야 합니다. 생각할 시간에 한 페이지라도 봐야 합니다.

우린 '행위'에 집중해야 합니다. "얼마나 많이 했냐"가 아니라,
"했냐" "안 했냐"가 중요합니다.
한 페이지라도 봤다면, 그건 한 겁니다.
한 페이지 보는 데에 익숙해질 때까지 한 페이지만 봐도 됩니다.
거기에 익숙해지면 두 페이지로 늘리면 됩니다.

모든 일엔 단계가 있습니다.
너무 많은 걸 처음부터 할 필요가 없습니다.

뭔가를 시작하기도 힘든데, 거기서 더 많은 걸 하려 하니
시작하는 데 있어서 더욱 거부감이 생기는 겁니다.

그냥 하세요. 일단 하면 익숙해지고,
그 행위에 적응이 되고, 또 하고, 또 하다 보면,
잘하게 되고, 별 게 아닌 게 됩니다.

최선을 다했다면 그걸로도 잘한 거란다.

최선 속엔 언제나 허술함이 존재하니까.

최고가 아니니 허술함은 당연한 거니까.

나는 그런 허술함을 사랑하면서 좋아해.

그 허술함에서 사람 냄새가 올라오거든.

복잡한 인생

물이 흐르는 하천에
바위가 너무 많고, 물길이 너무 복잡하면
물의 흐름 또한 당연히 복잡하게 흘러간다.

우리가 사는 인생엔
걱정이 너무 많고, 생각이 너무 복잡하면
나의 생애 또한 당연히 복잡하게 흘러간다.

물의 흐름을 덜 복잡하게 하려면
하천에서 바위를 줄여야 하고,
물길을 더욱 단순화해야 한다.

나의 생애를 덜 복잡하게 하려면,
인생에서 걱정을 줄여야 하고,
생각을 더욱 단순화해야 한다.

지나칠 정도로 너무 복잡하게 사는 건 좋지 않다.
머리가 복잡해지면, 인생이 버거워지기 때문이다.

걱정도 좀 줄이고, 생각도 좀 줄이고, 고민도 좀 줄이고,
줄일 수 있는 것들은, 최대한 줄이면서 살아가야겠다.

노력의 핵심

오늘 노력은 오늘 할 수 있는 만큼만 하면 되고,

내일 노력은 내일 할 수 있는 만큼만 하면 되고,

모레 노력은 모레 할 수 있는 만큼만 하면 된다.

매일매일 컨디션이 똑같을 수 없기에,

매일매일 똑같은 노력도 할 수 없는 것이다.

노력은 그날 내가 할 수 있는 만큼만 해도 된다.

오늘, 어제만큼 남들만큼 노력하지 못했다고 해서

자책할 이유가 되지 않는다.

조금이라도 했으면 그걸로 된 거다.

사람마다 할 수 있는 역량이 다르고,

각자가 모두 다른 사람이기에, 각자의 최선 또한 모두 다른 것이다.

조금 더 할 수 있겠다 싶으면 조금 더 하면 되는 것이고,

내일 더 하고자 한다면 내일 더 하면 되는 것이며,

못한 건 주말에 보충해도 되는 것이다.

그날그날 컨디션에 맞게, 유동성 있고, 센스 있게,

조율하며 하는 노력이 정말 제대로 된 노력이다.

무조건 '매일 열심히' 해야 한다는
그 강박감이 하루하루를 고통 속에 옭여넣는 것이다.
그 강박감이 있는 한, 어떤 일도 오래 해내지 못한다.
무언가를 이루기도 전에 내가 먼저 망가진다.
이루고자 노력하는 그 사람이 먼저여야지,
이루고자 하는 그 목표가 먼저가 아니다.

잊지 말자. 무언가를 이루는 것보다 중요한 건 '나 자신'이다.
내가 아프고, 내가 망가지고,
내가 없으면, 이 세상에 의미 있는 건 아무것도 없다.

스스로 어찌할 수 없는 일

어쩔 수 없는 일은 그대로 두고
어쩔 수 있는 일에 관심을 쏟자.

바꿀 수 없는 일은 손대지 말고
바꿀 수 있는 일에 신경을 쏟자.

변할 수 없는 일에 힘쓰지 말고
변할 수 있는 일에 노력을 쏟자.

걱정을 줄일 수 있으면서
불안도 줄일 수 있으면서
생각도 줄일 수 있으면서
고민을 최소화할 수 있는,
최선이며 유일한 방법이다.

스스로 어찌할 수 없는 일은
그냥 지나쳐 가도 된다.

나는 나와 친해야만 한다

싫어하는 사람이랑 같이 있게 되면,
기분이 굉장히 안 좋고 짜증이 난다.

나와 종일 같이 있는 사람은 '나'다.
그것은 내가 어쩔 수 없는 일이다.
그래서, 내가 절대로 나를 싫어하면 안 된다.
그럼 매일, 매 순간, 기분이 좋을 수가 없다.

내가 나와의 관계가 친하고, 좋아야 한다.
내가 나를 좋아해야 기분이 좋을 수 있다.
그래야 나답게, 당당하게 살아갈 수 있다.

내가 나와 친해질 수 있는 좋은 방법은,
내가 가장 친한 친구에게 해주는 것을 나에게도 해주는 것이다.
위로해주고, 격려해주고, 웃어주고, 많은 걸 배려해주고, 이해해주고,
용서해주고, 그렇게 친해졌을 것이다.
그걸 나한테도 해주는 것이다.

무슨 일이 있어도 자신을 싫어하거나 미워해선 안 된다.

그럼 매일 모든 순간을 싫은 사람과 항상 함께하는 거니,

지옥이 따로 없다. 지금 지옥에 있다면 벗어나야만 한다.

최대한 아프지 마라, 아프면 무엇도 하지 못한다.
절대로 기죽지 마라, 기죽을 이유가 하나도 없다.
희망을 버리지 마라, 희망 덕분에 우린 살아간다.

미련을 남기지 마라, 미련 때문에 후회가 생긴다.
자신을 의심치 마라, 의심 때문에 용기가 죽는다.
도전을 주저치 마라, 도전이 설렘을 가져다준다.

실패를 피하지 마라, 실패가 없으면 성공도 없다.
웃음을 포기치 마라, 웃어야 행복을 느끼게 된다.
미래를 두려워 마라, 지금을 보면서 살아야 한다.

슬픔을 삼키지 마라, 슬픔은 풀어야 하는 것이다.
걱정을 늘리지 마라, 있는 걱정도 충분히 힘들다.
감정을 숨기지 마라, 표현해야 하고 말해야 한다.

불안을 심각해 마라, 원래 사람은 불안한 존재다.

과거를 곱씹지 마라, 이미 지나간 시간일 뿐이다.

세상을 무서워 마라, 더 강하게 단단해지면 된다.

살아가는 게 너무 힘이 들 땐,
하늘을 올려다보고는 합니다.

하늘을 바라보며 상상합니다.
내가 태어나던 순간의 장면을.

기억이 나지는 않지만,
많이 축복받았을 겁니다.
부모님은 행복하셨을 거고요.
세상을 다 가진 기분이셨을 테고요.

그렇게, 또다시 살아가기로 다짐합니다.

내 인생은 내 인생이다

오늘 게을렀으면, 내일 조금 더 부지런히 살면 되고
오늘 부지런히 살았으면, 내일 조금 게으르게 살아도 괜찮다.

성공한 사람들의 이야기를 듣고, 배우는 건 물론 좋지만
어디까지나, 그건 그 사람들 인생이고, 내 인생은 내 인생이다.

그 사람들이 하는 이야기를 보고 들으면서, 나를 몰아세우고,
자책하고, 내가 나에게 윽박지르고, 깎아내리지 말자.
그럴 거면 차라리 안 보고, 안 듣는 게 훨씬 낫다.

인생에서 뭐가 맞고 틀리고 그런 건 없다.
그 사람은 자기 인생을 그냥 그렇게 산 거고, 나는 나대로 살면 된다.
그렇게 산다고 해서, 반드시 다 성공하는 것도 아니다.

자기만의 방법으로, 제대로 자기가 원하는 삶을 찾아,
사는 사람이 진짜 성공한 사람이라 생각한다.

저 사람은 저렇게 했는데 '나는 왜 못하는 거야…'

자꾸 이런 생각을 하면 자기 계발도 동기부여도 아니고,
오히려 내 인생은 급속도로 빠르게 망가진다.

우리는 그 사람의 삶을 있는 그대로,
곧이곧대로 따라 해야 하는 게 아니라
어느 정도껏 나에게 필요한 것만 참고해서
그걸 내 방식대로, 나에게 맞게끔,
'내 것'으로 만들어야 하는 것이다.

그걸 처음부터 스스로 찾는 일이 너무 어렵고,
너무 힘이 드니까 일단 성공한 이들을 따라 하라는 거지.
따라 하면서 나만의 방법을 찾아내라는 것이지.
나에게 못되게 굴라고 따라 하라는 소리가 아니다.
그건 내가 나에게 하는 고문이다.

어디까지나 남의 방법, 남의 인생, 남의 방향, 남의 사고방식은
'참고'만 하는 것이다. 그 사람의 것이
나한테도 100% 맞는 건 절대 있을 수 없는 일이다.

도플갱어인 거지, 똑같으면.

엿 같은 세상이지만

살다 보면
억울한 일도 많이 당하고
화나는 일도 많이 만나고
황당한 일도 많이 생기지.
그럴 때면 세상이 진짜 엿 같다고 느껴지곤 해.

엿 같은 세상이라서 정말 많이 힘들겠지만,
엿같이 끈덕지게 버티고 또 버티고 버티면
엿처럼 달콤한 순간이 반드시 찾아올 거야.

인생이 정말 엿 같아도, 엿같이 꼭 버티자.
힘들고, 지겹고, 괴롭고, 불안하고, 두렵고,
슬프기도 하겠지만, 계속 끈질기게 버티자.

그럼 좋은 날이 나에게도 반드시 생길 거니까.
그럼 잘될 날이 나에게도 반드시 있을 거니까.
그때 꼭 달콤한 시간을, 원 없이 누렸으면 해.
'이래도 되나' 싶을 정도로 정말 행복했으면 좋겠다.

누군가 어떤 사람에게 물었다.
하고 싶은 게 없는데 어떻게 찾아야 하냐고.

어떤 사람은 이렇게 되물었다.
당신이 내일 죽는다면 오늘 뭘 하고 싶냐고.

"사랑하는 가족과 모여서 맛있는 식사를 하고 싶어요."

다시 어떤 사람이 말했다.

"그게 지금 당신이 가장 하고 싶은 일이에요. 그거부터 시작하세요.
가장 하고 싶은 일부터 하나씩 하면 됩니다. 오늘 가족과 식사하세요.

그리고, 매일 딱 10분이라도 좋으니 있는 그대로의 당신과
마주하는 시간을 가져보세요, 스스로와 대화해보는 겁니다.

내가 원하는 게 뭔지, 좋아하는 건 뭔지, 어떤 인생을 살고 싶은지,
어렸을 땐 어떤 활동을 주로 했고, 배우고 싶어 했고, 좋아했는지.

뭘 할 때 가장 즐겁고, 뭘 할 때 기뻐했고, 뭘 할 때 재밌어했는지.
기억이 흐릿하다면, 부모님이나 친구들이나 누구든 물어봐도 좋아요.

당신이 좋아하고, 하고 싶고, 원하는 것들을 최대한 많이 찾고,
최대한 많이 만나고, 많이 이루는 인생이 되었으면 좋겠습니다.
그게 결국 행복한 인생이 될 테고, 당신이 원하는 인생일 테니까요."

PART 4

인간관계

특별

별거 없던 내가 너를 만난 후 별게 될 수 있었다.
적어도 네 앞에서만큼은,
'특별'이 될 수 있었다.

한 번은 정말 좋아했었던 여자친구에게 이런 말을 들려준 적이 있었다.
"넌 나를 정말 특별하게 만들어주는 사람이야.
고마워, 그리고 사랑해."

나를 특별하게 해주는 사람이었다.
나에게 특별한 순간을 만들어주고,
특별한 마음을 내주는 사람이었다.

언제 어디서든 함께 시간을 보낼 때면
나를 특별한 존재로 만들어주던 사람.

내게 특별함을 느끼게 해주는 '특별한 사람'이 곁에 있다면,
그 사람, 어떠한 일이 있어도 절대 놓치지 않았으면 좋겠다.

나 자신을 특별하게 만들어주는 사람만큼
특별한 인연도, 특별한 사람도, 없을 테니.

관계는 공정해야 한다.

관계는 혼자서 하는 게 아니라,
두 사람이 함께하는 것이기에.

서로의 사이가 공정해야만
더 오래, 더 좋은 관계가 될 수 있다.

서로 마음의 크기가 비슷한 사람이 오래간다.
서로 관심의 크기가 비슷한 사람이 오래간다.
서로 사랑의 크기가 비슷한 사람이 오래간다.
서로 노력의 크기가 비슷한 사람이 오래간다.

마음의 저울이 어느 한쪽으로 크게 치우치지 않도록,
서로의 관계가 불공정 거래가 되지 않을 수 있도록,
서로서로 함께 노력하려는 자세가 필요하다.

삭제

핸드폰이든, 컴퓨터든 '삭제' 기능이 있다.

필요하지 않은 것들을 삭제하지 않은 채
계속 방치해 놓으면, 용량만 차지하면서
기기의 성능은 빨리 떨어지게 되어 있다.

인간관계에서도 삭제가 꼭 필요하다.
내 마음속에 용량만 차지하고, 성능은 떨어뜨리는 사람.
그런 사람이 곁에 있다면, 과감히 지울 수 있어야 한다.

내가 내 마음속을 청소해야지,
누가 내 마음속을 청소해주나.

다운로드는 크게 고민하지 않고 쉽게 했으면서
왜 삭제는 그렇게 고민할까. 어려운 게 아닌데.
그까짓 '정'이 중요한 걸까 '내'가 중요한 걸까.

마음의 한도

카드에 한도가 있듯이
마음에도 한도가 있다.

누구를 대하든, 한도가 있기에
내가 줄 수 있는 만큼만 주고
내가 할 수 있는 만큼만 하고
내가 베풀 수 있는 만큼만 베풀고,
내가 도울 수 있는 만큼만 도와야 한다.

내가 어떤 사람을 소중히 생각하는 만큼
그 사람 또한 나를 소중하게 생각한다면
나의 어떠한 모자람도 미워하지 않는다.

뭐든 많이 주려 애쓰지 않아도 괜찮다.
내 한도 이상으로 무리하지 말자.

돈이나, 마음이나, 내가 쓸 수 있는 한도를 넘어서 버리면,
결국, 감당하기 어려운 힘듦이 찾아오는 것은 세상 이치다.

관계의 길이와 관계의 깊이는 비례하지 않는다.

함께한 시간이 얼마나 많은지는 중요하지 않다.

함께할 시간이 얼마나 행복할지 그게 중요하다.

고민하게 하는 사람이 아니라

행복하게 하는 사람만 만나라.

네 곁에는 행복만 남겨두어라.

상대방이 누구든, 그 사람이 어떤 말을 하고, 어떤 행동을 하든,
거기에 어떠한 의미를 가져와 붙이지도, 부여하지도 않아야겠다.

"어떤 의도로 내게 그런 걸까?"
"왜 나한테 그렇게 했던 걸까?"

내가 거기에 어떤 의미를 부여하지만 않으면,
그 말이나 행동에 담긴 힘이 완전히 사라진다.
나에겐 아무런 뜻도, 의미도, 아무런 타격도 없는,
그저 어느 한 사람의 목소리 혹은 행위에 불과해진다.

그럼 상처받을 이유도, 기대할 이유도, 실망할 이유도,
곱씹을 이유도, 모든 것이 하나같이 다 사라져 버린다.

앞으론 상대의 언행에 어떤 힘도 실어주지 않으며,
별 대수롭지 않은 사람의 별 대수롭지 않은 말들은
별 대수롭지 않게 넘겨버리고, 흘려버릴 수 있는,
내면이 튼튼하고 마음이 굳건한 사람이 되어야겠다.

나를 싫어하는 사람

예전에는
나를 싫어하는 사람이 있으면

"저 사람이 나를 왜 싫어할까…"
"내가 뭐가 문제인 걸까…"
"어떤 성격을 고쳐야 할까…" 하며
마음 아파하면서, 쓸쓸해했지만,

지금은
"응, 나도 너 싫어, 별 같잖은 게.
싫어하든지 말든지, 그래서 뭐 어쩌자고
나 좋다는 사람만 좋아한다, 나도."

이렇게 살면 편하다.
굳이 나를 싫어하는 사람이
나를 좋아하도록 애쓰지 말자.

나 싫어하는 사람을 위해 노력하고,
나 싫다는 사람을 좋아하는 사람이
세상에서 가장 멍청한 사람이다.

"관계에 애매함을 남기지 말 것"

꺼진 불씨는 한 번 더 확인하되,
꺼진 관계는 뒤돌아보지도 말자.

불씨는 완전히 밟아 꺼야 하고,
관계는 완전히 끊어 내야 한다.
애매한 불씨는 또다시 살아난다.

상처만 받고 끝나버린 관계에 '애매함'을 남겨 놓으면,
사람의 마음은 금세 약해져 또다시 상처를 허락한다.

연인이었든 친구이었든 누가 되었든 간에
내게 상처를 줬다면, 작은 틈도 내어줘선 안 된다.
그 작은 틈 하나 때문에
다시 만나게 되고, 다시 상처를 반복하게 되는 것이다.

관계에서 대부분의 재회가 성공적이지 못하는 이유는

또 비슷한 이유로, 비슷한 다툼을 반복하기 때문이다.
그럼 나는 또 똑같은 실수를 되풀이했다면서
자책하고, 타박하며, 나마저 나에게 상처를 주기도 한다,

흔히 하는 말이 있다.
"그래, 널 또 믿었던 내가 잘못이지."
여러 번 믿어줬고, 여러 번 깨졌고, 여러 번 상처받았으면
다시 상처를 반복하지 않을 수 있도록 '애매함'을 남겨두지 않고,
확실하고 깨끗하게 정리할 수 있었으면 좋겠다.

나 자신을 지키기 위해선 냉정한 마음이 필요하다.
남겨 놓은 애매함은 똑같은 상처를 반복하고,
남겨 놓은 미련은 나 자신을 괴롭게 만든다.

더 이상 아픔과 상처를 허락하지 말자.
더 이상 애매함도 미련도 남기지 말자.
다른 누가 아니라, 소중한 '나 자신'을 위해서.

이해되지 않는 사람

내 기준에서 이해되지 않는 사람이 있다면
그냥 그런가 보다 하고 넘기는 게 편하다.
굳이, 이해하려 노력하지 않아도 괜찮다.

맞지 않으면 맞지 않은 대로 사는 것.
조금 불편은 하겠지만, 답답하고, 짜증 나겠지만,
차라리 그쪽이 훨씬 낫고, 훨씬 편하다.

왜냐하면, 그 사람의 기준에서는 내가 이해가 안 되는 사람이다.
서로 이해 안 되는 사람끼리 말이 통할 리 없다.
누구 하나가 먼저 양보하지 않는 이상.
차라리, 그럼 내가 양보한다 생각하자.
내가 한 발짝 물러서는 게 나한테 오히려 편하다.

이해 안 되는 사람, 말이 안 통하는 사람과
억지로 대화하려 하고, 억지로 설득하려 하면
내 '뇌'엔 피가 안 통한다. 열 받아 환장하는 거지.

세상사 모든 걸 이해할 필요도 이해할 수도 없는 것.

이해되지 않는 건 이해하려 하지 말자.

정신 건강에 해롭다.

사람은 누구나 가치를 지닌다.

그 가치가 더 빛나기 위해서는

반드시 사람을 잘 만나야 한다.

내 가치에 시너지를 더해주는 사람이 있으면

내 가치를 나락으로 추락시키는 사람이 있다.

어떤 이와 함께하냐에 따라 가치가 좌우된다.

인간관계에서 가장 중요한 것

인간관계에서 가장 중요한 것은
'관계를 잘하냐 못하냐'가 아니다.
왜냐하면, 정답도 없을뿐더러
각자의 기준도 전부 다를 것이기 때문이다.

진짜 중요한 건 '나'를 잃지 않는 것이다.
나의 인생인데, 나를 잃으면 그게 무슨 의미가 있을까.
나는 나로 태어났는데, 나로 태어났으면, 나로서 살아가야지.

'남'을 잃으면 어쩌지 하는 두려움에,
'나'를 절대 잃지 않았으면 좋겠다.
'남'을 전부 잃어도 '나'만 잃지 않고 있으면,
다시 '새로운 남'은 만나게 되어 있다.

남을 잃는 걸 지나치게 걱정하지 말고,
언제 어디서나 '나'를 잃게 되는 걸
가장 걱정하면서 살아가자.
이미 세상에 다른 사람은 너무나도 많지만,

나라는 사람은 딱 하나 있다.

사람 잃는 걸 두려워할 필요가 없다.
오늘이 가면 내일이 오고, 아침이 가면 저녁이 오듯,
얘가 떠나면 쟤가 오니까.
잃게 되면 또다시 얻게 되는 것은
너무 자연스러운 세상의 이치다.

그러니, 딱 하나 있는 나라는 사람을
굳건히 지켜냈으면 좋겠다.

맞지 않는 사람

어떤 기계에 그와 맞지 않는 부품을 끼워 넣으면,
그 기계는 제대로 작동하지 않는다.
정품이 아닌 짝퉁을 끼워 넣어도, 마찰을 일으키면서,
수명이 닳고, 결국엔 고장이 나게 되어 있다.

내가 지금 누군가와 자꾸 갈등이 생기고, 마찰이 빚어지며,
정신적 스트레스를 받고 있다면, 그 사람은 나와 맞지 않는 사람이다.

나라는 기계와 맞지 않고, 어울리지 않는 짝퉁이라는 소리다.
그런 사람과 계속 함께하면, 나는 점점 수명이 닳게 되고,
언젠가 반드시 고장 나게 되어 있다.

기계의 상태가 좋지 않아 삐걱거린다는 걸 알고 있으면서도
해결하지 않으면, 반드시 문제가 생기고, 사고로 이어질 수 있다.
기계든 사람이든 사고가 생기지 않게 미리 예방하는 게 중요하다.

그래서, 이제부터
나와 잘 맞지 않아 불편한 사람은 굳이 맞춰주려 애쓰지 않고,

마음 잘 맞고, 편안한 사람과만

사이좋고 행복한 관계를 이어 나가기로 했다.

언젠가 사고가 발생하지 않을 수 있도록.

나 하나도
제대로 못 바꿔서 쩔쩔매는데

어떻게 내가
남까지 바꿀 수 있겠나.

말이 안 되지. 주제넘은 짓이지.
일단 나의 변화에 집중해보자.

내가 변하면
남을 바라보는 눈도 변한다.

내가 변하고 나서
다시 나를 되돌아보면
딱 하나의 생각이 든다.

"내가 진짜 미련한 짓을 하고 있었구나."

만나는 사람을 바꿔요

옷이 맞지 않으면
옷을 바꿔 입으면 되고

신발이 맞지 않으면
사이즈만 바꿔도 된다.

왜 사람이 맞지 않으면
자꾸 나를 바꾸려 하나.

남을 바꾸려 하지도 말고
나를 바꾸려 하지도 말고

내 있는 모습 그대로는 지킨 채
만나고 있는 사람을 바꾸면 된다.

나한테 잘 맞는 사람이 있으며
나와 잘 어울리는 사람이 있다.

주변 사람을 바꾸자.

왜 쉬운 길을 내버려 두고

어려운 길을 자꾸 가려 하나.

그러니, 속이 썩어들어가고,

나만 아프고, 나만 힘들지.

사람은 완벽할 수 없고
항상 잘할 수만도 없고
항상 못할 수만도 없고
항상 똑같을 수도 없다.

매일 최선을 다할 수 없으며
매일 열심히도 할 수 없기에
매일 만나는 상황이 다르듯,
매일 생각도 달리해야 한다.

잘 맞는 사람이 없으면 어떡해요?

"저는 잘 맞는 사람이 없는 거 같은데 어떡하죠?"
"잘 맞는 사람이 없으면, 평생 혼자여야 하나요?"

누구에게나 잘 맞는 사람은 반드시 존재한다.
단지, 내가 어떤 사람과 잘 맞는 건지 모를 뿐이다.

잘 맞는 신발을 신으려면, 내가 내 발 사이즈를 알아야 한다.
잘 맞는 옷을 입으려면, 내가 내 신체 사이즈를 알아야 한다.
잘 맞는 사람을 만나려면, 내가 나 자신에 대해 알아야 한다.

나한테 잘 어울리는 색깔의 옷이 입고 싶으면,
나와 잘 어울리는 색이 뭔지 먼저 알아야 하듯
내가 나에 대해 알 수 있는 시간이 꼭 필요하다.

내가 나에 대해 잘 알고 있는 상태가 되고 나서
새로운 사람들을 만나, 대화하면서 교류해보면
그 사람이 나와 잘 맞는지 아닌지 느낄 수 있다.

내가 나 자신에 대해서 알아보는 시간부터 먼저 가져야겠다.

내가 나를 모르면, 잘 맞는 사람이 곁에 있어도 못 알아본다.

있어야 줄 수 있다

돈이 있어야
돈을 줄 수 있다.

사랑이 있어야
사랑을 줄 수 있다.

마음이 있어야
마음을 줄 수 있다.

행복이 있어야
행복을 줄 수 있다.

내가 먼저
행복을 가지고 있어야

남들에게도
행복을 전할 수 있다.

지금 나 자신이
먼저 행복해야 한다.

남이 하고 싶은 것보단
내가 하고 싶은 걸 먼저 하고

남이 좋아하는 것보단
내가 좋아하는 걸 먼저 하고

남의 행복을 챙기기보단
나의 행복을 먼저 챙기면서
내가 먼저 행복한 사람이 되어야겠다.

단 한 사람한테 '좋은 사람' 돼주기도
그렇게 어려울 수가 없는데.

어떻게 모든 사람한테 '좋은 사람'이
되어줄 수가 있을까.

내가 나한테조차 '좋은 사람'이
되어주지 못하고 있는데,

어떻게 남한테는 '좋은 사람'이
되어줄 수가 있을까.

내가 나한테부터 '좋은 사람'이
되어주는 게 올바른 순서 아닐까.

뭐든 올바른 순서가 있고, 올바른 단계가 있다.
거꾸로 역주행하지 말자, 그러다 크게 사고 난다.

내 것은 내가 지켜야 한다

내 집에 자기 마음대로 들어와서
난동 피우는 사람을 가만 놔둘 사람은 없다.
왜, 내 마음 내 인생에는 지 맘대로 들어와서 훼방하게 내버려 두나.
'드롭킥' '싸커킥' '이단 옆차기'를 시원하게 날려줘도 모자랄 판에.

그 인간이 멋대로 난리 쳐서 더러워지면
치우는 것도, 정리하는 것도, 청소도 전부 다 내 몫이다.
나만 스트레스 받고, 나만 피곤해지고, 나만 힘들어진다.

그런 인간들이 함부로 소중한 내 것들
어지르지 못하게 미리 '펜스' 하나는 쳐 둬야 한다.

그렇지 않으면, 내 집에서 자기 집인 양 혼자 난리를 친다.
나가라고 해도 쉽게 안 나간다.
그러니 처음부터 아무나 못 들어오게
여긴 나만의 영역이고, 나만의 구역임을 정해 놓아야 한다.

그 사람을 내가 통제할 순 없지만,

나의 영역은 내가 통제할 수 있다.

내 영역은 내가 지켜야만 한다.

아무도 내 것을 나 대신 지켜줄 사람은 없다.

내가 특별한 사람이라서
만나는 모든 하루하루가
전부 특별한 하루이더라.

딱히 특별한 일이 없어도
이미 특별한 하루이기에
그저 별 탈 없이, 상처 없이,
무탈하게 지나갔으면 좋겠고
무난하게 흘러갔으면 좋겠다.

신체 건강에 해로운 음식을 많이 먹으면
몸에서 좋지 않은 일들이 벌어지고

정신 건강에 해로운 사람을 많이 접하면
마음에서 좋지 않은 일들이 벌어진다.

몸이 아프면 마음도 힘들어지듯
마음이 아프면 몸도 힘들어진다.

내 몸과 마음의 건강을 생각해서라도
나에게 해가 된다고 판단되는 사람은
가능한 한 최대한 멀리해야겠다.

그런 사람 하나 멀리한다고,
득이면 득이 됐지, 절대 해가 되진 않으니.

상처받고, 아프고 나서 후회하기 전에
미리 정리하고, 예방해 둬야겠다.

적당한 거리

거리를 둔다는 건 미리 벽을 세워, 오는 사람 막으란 뜻이 아니라,
서로에 대해 잘 모르기 때문에, 조금씩 천천히 알아갈 수 있도록
마음과 마음 사이에 어느 정도 적당한 간격이 필요하다는 뜻이다.

관계에서 적당한 간격은 꼭 필요하다.
왜냐면, 어떤 사람과 좀 지내다 보니, 이 사람과의 관계는 해로워서
끊어 내야겠다는 판단이 서도, 이미 너무 가까워진 거리의 관계는
내가 힘들면서도 냉철하게 끊어 내질 못한다.
그놈의 정 때문에, 그게 너무 어렵다.

하지만, 의식적으로 간격을 뒀던 사람은
깊게 정이 스며들지 않았기 때문에,
조금 더 쉽게 그 관계를 정리할 수 있다.

사람이 의식적으로 거리를 둬야겠다고 생각하지 않으면,
짧은 기간 동안 상대방의 좋은 모습만 보고,
너무 많이 믿고, 너무 많은 마음을 주게 된다.
그 모습은 그 사람의 극히 일부일 뿐인데.

우리의 일상 속 관계에서

첫인상과 초반의 모습은 하나도 중요하지 않다.

사람이면, 처음에 보여주기식 겸손, 예의, 이런 건 누구나 다 할 수 있다.

최대한 잘 보여야만 하는 면접 볼 때처럼, 누구나 연기자가 될 수 있다.

사람의 본성은 얼마든지 감출 수 있기에, 나 자신을 지키기 위해서

어떤 관계든지 단기간에 너무 빨리 가까워지는 것을 조심해야겠다.

언제나 의식적으로 간격을 조절할 수 있는 사람이 되어야 하겠다.

상처받고 싶지 않았어. 나약해 보이고 싶지 않았어.

물러터져 보이기가 싫었어.

그래서 강한 척도 해보고, 밝은 척도 해봤어.

누구한테도 꿀리고 싶지 않은 마음에

있어 보이는 척도 해봤고,

무심한 척, 무덤덤한 척도 해봤어.

근데 역시나 척은 척이더라.

사람 본성은 어디 가지 않더라고.

쉽게 상처받는 여린 마음이 사라지는 건 아니더라고.

다른 방법을 한참 고민해봤어.

어떻게 하면 상처받지 않을 수 있을까.

없더라, 내가 상처에 강해지는 수밖에는.

상처를 받지 않으려면

사람을 만나지 말아야 하고, 사랑도 나누지 말아야 하겠더라고.

근데 사람은 한평생을
혼자서만 살아갈 수가 없기에, 그럴 자신도 없기에,
상처는 필연이고 피할 수가 없겠다고 생각했어.
피할 수 없다고 해서 즐길 수도 없는 거고, 변태도 아니고.

아프겠지만 피할 수도 없고, 즐길 수도 없으니까,
어떤 상처에든 면역력을 길러야겠다고 결정했어.
어떤 상처를 받게 되든지,
그 상처에 나 자신이 강해져야겠다고 결심했어.

상처받기를 두려워하면서 피하는 대신에, 내면을 단단하게 키우는 것.
기꺼이 두드려 맞으면서, 자주 만나면서, 맷집을 기르는 것.
거기다 받은 상처를 스스로 꿰매며,
치유할 수 있는 방법까지 찾아내는 것.

물론 흉터야 남겠지만,
칼도 여러 번 맞아본 칼잡이가 진정한 고수가 되는 거라고 하던데.
받았던 상처가 아물고 흉이 남더라도,
어쨌든 나는 한층 더 강해져 있겠지.

흉터로 얼룩져 있더라도, 어느새 뒤돌아보면
이전보다 훨씬 더 단단해진 내가 되어 있을 거라고 믿어.

애쓰지 말자, 남을 사람은 남는다

내가 '1억'을 줘도 어차피 떠날 사람은 반드시 떠나고
내가 '1원'을 줘도 어차피 남을 사람은 반드시 남는다.

내 모든 걸 다 내어 주어도 떠날 사람은 결국 떠나고
땡전 한 푼 주지 않아도 남을 사람은 계속 남아 있다.

이게 사람이고, 이게 관계의 흐름이다.
굉장히 자연스럽고 정상적인 현상이다.

나 싫다고 떠나는 사람 붙잡아 두려고 애쓰지 말자.
자기가 가겠다는데 맘 편히 갈 수 있도록 보내주자.
자기도 자기랑 잘 맞는 사람 찾아서 떠나는 거니까.

굳이 내가 이것저것 부단히 애쓰지 않아도,
곁에 남아 있는 사람이 진짜 내 사람이다.

가는 사람 시원하게 보내주고, 남는 사람 따뜻하게 안아주자.
그게 나 자신과 내 인생을 위해서 훨씬 좋고 현명한 일이다.

관계의 가짓수를 유지할 수 있는 역량은 사람마다 다 다르다.
지금의 관계가 버겁게 느껴진다면 가지치기가 필요한 것이다.

관계를 정리할 때 가장 고려해야 하는 사항은
함께 지낸 시간이 아니라 함께 지낼 시간이다.

함께 지낼 시간이 내 미래와 직결되기 때문에.

세상엔 각양각색의 사람들이 정말 다양하게 살고 있다.
그래서, 어디든 사람이 모인 곳을 가면 이상한 사람도,
마음에 들지 않는 사람도, 무례를 범하는 사람도 많다.

그런 사람들을 마주할 때마다 일일이 한 명씩 다 상대하면,
나는 하나인데, 혼자서 수백수천 명을 상대하는 것과 같다.
그럼, 결국엔 피곤해 진이 빠져 쓰러져버린 나만 남게 된다.
그래서, 우리에게 신경 쓰지 않는 연습은 꼭 필요한 일이다.

사람이 가장 싫어하며 두려워하는 게 무관심이고,
사람이 가장 싫어하며 민망해하는 게 무반응이고,
사람이 가장 싫어하며 기운 빠지는 게 무대응이다.

그러니, 앞으론 이상하고 무례한 사람을 마주했을 땐
그냥 '이상하고 무식한 사람이구나…'라고 생각하면서,
의식적으로 관심 주지 않고, 반응하지 않고, 대응하지 않고,
그러려니 하며 신경 쓰지 않는 연습을 해야겠다.

그리고, 애써 신경 쓰지 않느라 힘들고 노곤했었던 기억은

좋아하는 사람과의 좋은 기억으로 물리치면서 살아가야겠다.

필요할 때만 찾는 사람

나를 배려하지 않는 사람은 나도 배려해 줄 필요가 없다.

내가 주는 일방적인 배려와 호의는
그 사람에게 '현금'일 뿐이다.
자기가 필요할 때만 찾아 쓰는 그런 거.
그런 사람에게 나는 딱 '현금 인출기'
그 이상도, 그 이하도 아니다.

필요할 땐, 애타게 찾아다니며, 근처에 없으면 짜증이 나는.
필요하지 않을 땐, 관심조차 주지 않는, 쳐다도 보지 않는,
있으나 마나 그냥 지나치는,
딱 그 정도의 '도구'

내가 어떤 사람에게 그런 생각이 든다면, 그게 맞는 생각이다.
고민하지 말고, 주저하지 말고, 버려라. 필요 없다.
받아도 되지 않을 상처만 자꾸 스스로 늘릴 뿐이다.

진짜 나 자체가 좋아서, 나라는 사람을 정말 사랑하는 사람이라면

내가 곁에서 없어지면, 슬프고, 힘들고, 괴로울 걸 알기에

그런 이별을 원치 않기 때문에
당신이 그런 생각을 할 틈조차
절대 허락하지 않았을 것이다.

자꾸 지랄하는 사람

나한테 별 이유도 없이 괜히 지랄하는 사람한테는
똑같이 나도 맞서 지랄을 해줘야,
자기가 하고 있는 게 지랄인지 알더라.

경우 없는 지랄. 이유 없는 지랄.
매사 뭐 하나라도 시비 걸만한 거 없을까,
눈에 불을 켜고 찾는 사람.
늘 괴롭힘을 장난으로 포장하는 사람.

아무리 사람이 싫어도 정도껏 해야지.
그 정도와 선을 모르는 사람은 없다.
모르는 게 아니라, 안 지키는 사람이다.
일부러 그러는 사람이다.

그냥 내가 싫으니까 어떻게든 시비 걸고, 괴롭히고 싶은 사람.
못 괴롭혀서 안달인 사람. 내가 괴로운 게 즐거운 사람.
상대 마음 아프게 하는 걸 재미로 삼고 좋아하는 사람.

이런 사람들은 반드시 맞서 '대응'해줘야 한다.
얼마나 얕보고, 얼마나 만만하게 보면
한두 번도 아니고, 하루 이틀도 아니고, 계속 그럴까 싶다.
내가 참아주는 걸 자기가 멋있는 사람이라고 착각하더라.
자기가 강한 사람이라고 착각하더라. 망상가가 따로 없지.

매번 그냥 참고 넘어가 주면
'이 사람한텐 이래도 가만히 있네? 괜찮네?'
이런 생각으로, 나를 화풀이나 짜증 풀이 대상으로 쓴다.

맞서 대응하는 게 힘들고 어렵다면,
반응하지도 말고, 대꾸하지도 말자.
리액션을 안 해야 그제야 뻘짓인 줄 알더라.

자기밖에 생각할 줄 모르는 '꼬맹이'가
나를 힘들게 한다면, 내가 그만하도록 해야 한다.

만남과 이별의 연속

지나간 사람도 이미 지나간 과거와 똑같다.
이미 지나간 과거는 내가 어찌할 수가 없다.
어렵겠지만, 이미 지나갔으니 체념해야겠다.

아닌 인연은 아닌 인연이고,
끝난 인연은 끝난 인연이니,
그걸 받아들일 줄도 알아야겠다.
내가 원한다고 모든 것을 다 가질 순 없으니,
살아가는 데 있어 꼭 필요한 자세인 것 같다.

떠난 사람이 비워 놓은 그 자리엔
더 좋은 사람이 다시 채워줄 테니
나를 떠나가 버린 이들의 생각으로
너무 아파하지도, 슬퍼하지도 않고

지나간 이름들은 그때 그 시절의
아름다웠던 풍경으로 남겨둔 채,
새로운 이름들로 또다시 아름답고,

새로운 그림들을 그려 나가야겠다,

인생은 만남과 이별의 연속이니까.

인생에는 두 종류의 사람이 있다.

내 인생에 '디딤돌'이 되는 사람
내 인생에 '걸림돌'만 되는 사람

인간관계는 삶에 있어 정말 중요하다.
결코 가볍게 여겨도 될 문제가 아니다.
사람은 사람에게 가장 큰 영향을 받고
그 영향은 나의 인생에 크게 작용한다.

'하인리히의 법칙'은
하나의 대형 사고가 벌어지기 이전에,
300번의 위험 징후와 29번의 작은 사고가
반드시 나타난다는 법칙이다.

이 '하인리히의 법칙'을
'인간관계'에 빗대어, 이렇게 말하고 싶다.

300명의 사람을 만났을 때,
그중에 29명의 좋은 사람이 반드시 있을 것이며,
그중에 진짜 내 사람이 1명 반드시 있을 거라고.

그럼 나는, 270명은 그냥 가볍게 지나가고
그 '30명'과만 친하게 지내면 되는 거라고.
그게 나를 위한 일이고, 현명한 인간관계라고.

만나는 모든 사람과 다 잘 지내려 하고
맺어진 모든 인연을 다 잘 지키려 하면

나는 나의 행복을 점차 잃어가게 되고,

행복을 잃으면 결국 나를 잃게 되니까.

친할수록 조심해야 하는 것

사람이 너무 자주 보고, 너무 자주 만나면 익숙해진다.
그럼, 상대방의 어떤 배려와 호의에도 전부 적응이 된다.
적응되면, 당연하지 않은 것을 당연하게 여기게 된다.

사람이 덜 친하면, 말 한마디를 해도
알아서 더 조심하고, 주의한다.
근데 친해졌고, 가까워졌고, 편해졌다고
생각하게 되는 그 순간부터
사람과 사람 사이의 기본적인 예의와
존중조차도 잊어버리고는 한다.
친해진 건 거리가 가까워진 거지,
지켜야 할 선이 사라진 건 아니다.

가까우면 가까울수록,
그만큼 멀어질 수 있는 거리 또한 길고,
사고가 생길 위험도 많고,
마찰이 빚어질 확률도 굉장히 높다.
앞뒤 차량의 간격이 좁으면,

접촉 사고의 위험이 존재하듯이.

그래서, 심심하고 외롭다는 이유로
너무 자주 연락하거나 만나지 않는다.
가까운 거리를 오래 지키고 싶고,
사소한 다툼으로 멀어지지 않기 위해서.
각자의 삶에 오롯이 집중하다
만나게 되었을 때, 그 만남에 최선을 다한다.

기억해야겠다. 아무리 친한 사이더라도
'당연함'이 없어야 한다는 것을.
세상에서 가장 당연한 게,
세상에 당연한 건 아무것도 없다는 사실임을.

현명하게 거절하는 방법

어떤 사람이 노인에게 물었다.
누군가의 요구나 부탁을 들었을 때,
거절하면 자신이 쪼잔하면서
나쁜 사람이 되는 것 같고,
상대방의 기분을 해치게 될까 싶어
거절이 너무 어렵다고, 좋은 방법 있냐고.

노인은 대답했다. 타인의 기분도 크게 해치지 않으면서,
내가 쪼잔하고 나쁜 사람이 된 듯한 기분도 피할 수 있는,
현명하게 거절하는 방법엔 '선 존중, 후 거절'이 있다고.

타인의 이야기를 잘 들어준 후,
내가 먼저 그 마음을 이해해주고, 상황을 공감해주고,
"많이 힘들었겠다, 나한테 이렇게 말하기까지
고민도 정말 많이 했겠다"라며
상대방의 부탁을 존중해주고 나서,
"하지만, 내 상황도 이러해서
그 부탁은 들어주기 힘들겠다."

상대방 또한 나의 마음과 상황을 존중해줄 수 있게끔
따뜻하되 솔직하고, 분명하게 거절 의사를 밝히는 것.

내가 먼저 존중을 줬음에도, 내 의사를 존중하지 않는다면
그 사람은 자기밖에 모르는 사람이라고. 그런 사람 때문에
오래 고민하고, 괜히 걱정하면서, 절대 끌려다니지 말라고.
거절의 선택권은 나한테 있고, 들어줘야 할 의무가 없다고.

영원은 없고, 평생은 다르다

영원한 이별 앞에서, 강한 사람은 없는 것 같다.
그 이별에 대처할 수 있는, 강한 능력이 없기에.
어떻게 대처해야 한다는, 올바른 자세도 없기에.

그저 슬픔과 허전함을 끌어안고 참고 버티면서
계속 살아갈 방법을 찾아내야 할 뿐인 것 같다.
어쨌든 앞으로도 계속 살아가야 하는 거니까….

지금 곁에 있을 때 정말 최선을 다해 잘해야겠다.
지금 곁에 있을 때 정말 최선을 다해 사랑해야겠다.
지금 곁에 사랑하는 모든 인연을 더 소중히 해야겠다.

사람과 사람 사이의 모든 인연에 영원은 없으니까,
저마다의 평생이 달라 평생 함께할 수가 없으니까,
영원한 인연은 없어도 영원한 이별은 있을 거니까,

내가 죽게 되는 그날까지,
평생을 후회 속에 살고 싶지 않아서.

이별 앞에 후회하고 싶지 않아서,

지금 있을 때 잘해야 하겠다.

우리는 매일
한 뼘씩 자라날 거야

초판 1쇄 발행 2022년 12월 27일
초판 2쇄 발행 2023년 5월 17일

지은이   현이
펴낸이   김동하

편 집   이은솔
펴낸곳   책들의정원
출판신고   2015년 1월 14일 제2016-000120호
주 소   (10881) 경기도 파주시 회동길 445, 4층 402호
문 의   (070) 7853-8600
팩 스   (02) 6020-8601
이메일   books-garden1@naver.com
인스타그램   www.instagram.com/text_addicted

ISBN   979-11-6416-137-9 (03810)